U0839944

巴黎的忧郁

〔法〕夏尔·波德莱尔 著
郭宏安 译

Le Spleen de Paris

波德莱尔作品

商务印书馆
The Commercial Press
2018年·北京

Charles Baudelaire

Le Spleen de Paris

涵芬楼文化 出品

— 目 录 —

私人日记

译者前言[*]

伽里玛版《波德莱尔全集》的编者克洛德·皮舒瓦教授说：“生为笛卡儿主义者的法国人不大喜欢一切不能界定的东西。这个古典主义者喜欢分类。”[1]例如散文诗（le poème en prose）。虽然有波德莱尔的《巴黎的忧郁》，有他的先驱者，例如阿洛修斯·贝特朗和莫里斯·德·盖兰，有他的后继者，例如斯特凡·马拉美、弗朗西斯·雅格布、莱昂-保尔·法尔格、皮埃尔·让·儒弗和勒内·夏尔，一百六十年的历史阻挡不了散文诗成为一个“界定不清”的概念。“界定不清”的意思是，有韵为诗歌，无韵为散文，如今把有韵和无韵结合在一

* 本文原收录于2016年上海译文版《论波德莱尔》，今挪作2018年商务版《巴黎的忧郁》的译者前言。

1 见克洛德·皮舒瓦为该版本《巴黎的忧郁》所写的《出版说明》，1975年，第1293页。

起，形成一个独立的文类，说它是诗歌，却无韵，说它是散文，却是诗，于是散文其形，诗歌其义，非驴非马，果然无从界定，难怪古典主义者怀疑其存在了。1737年，奥里维神甫说："我不知道诗意的散文是什么，也不知道散文的诗意是什么：我只是在前一个中看到平庸的诗句，在后一个中看到一种散文，其中汇集了所有与朗吉努斯所论崇高相反的东西。"[1]他们的意思是，要么是散文，无韵，要么是诗歌，有韵，而散文诗是无韵散行的，直呼散文，顺理成章，就不必提什么散文诗了。如今散文诗确实是一个独立的文类了，反对的人不是很多，但是在很少的人中颇有一些著名的人物，看来散文诗的存在还是有辩护的必要。

波德莱尔的《巴黎的忧郁》，在中国，1930年上海中华书局出版过邢鹏举先生译自英文的《波多莱尔散文诗》，1982年漓江出版社出版过亚丁先生译的《巴黎的忧郁》，1991年人民文学出版社出版过钱春绮先生译的《恶之花/巴黎的忧郁》，1992年百花文艺出版社出版过怀宇先生译的《巴黎的忧郁》。上述四个译本中，邢鹏举和钱春绮都称所译为散文诗，亚丁和怀宇则称之为散文。

二十年前，我在《读书》杂志上写过一篇小文，略述散

1 转引自苏珊·贝尔纳:《从波德莱尔到我们当今的散文诗》(Suzanne Bernard, *Le poème en prose de Baudelaire jusqu'à nos jours*, Nizet, 1978)，第10页。

文诗在法国的发展历史，意在坚持散文诗是属于诗国的一个臣民，即一种独立的文类，而不是隶属于散文的属地，受到散文这棵大树的荫护。当然，这篇小文也不是突发奇想或心血来潮的产物，它的起因是读了该刊上的一篇文章《散文诗还是诗散文》。这篇文章否认《巴黎的忧郁》为散文诗，称之为散文，或诗散文，简言之，《巴黎的忧郁》“大多数还是具有叙事、议论的特点的散文”。我人微言轻，一篇小文不会影响后来的译者，果然，十年之后，即 1992 年，百花文艺出版社出版了怀宇先生译的《巴黎的忧郁》，与《人造天堂》等作品一起置于《波德莱尔散文选》这个总书名下，并且在《译后记》中说：“这部散文集所选篇目基本上包括了他的作品中在译者看来可以被称为散文的文字。”看来，说《巴黎的忧郁》是散文集，并非信笔由之，而是有意为之，于是，《巴黎的忧郁》是否为散文诗就不可不辩了。

法国人是古典主义者，“喜欢分类”，中国人虽不称古典主义者，对分类的兴趣却未尝消减，例如对于文章的分类，即文体。恰如钱锺书先生所言：“吾国文学，体制繁多，界律精严，分茅设蕝，各自为政。”[1]明人吴讷在《文章辨体序说》中说：“文辞宜以体制为先。”见出 15 世纪的中国人对于文体

1 钱锺书：《中国文学小史序论》，收于《钱锺书集·写在人生边上／人生边上的边上／石语》，三联书店，2002 年，第 94 页。

的重视。明人徐师曾在《文体明辨序说》中有言:“夫文章之体，起于《诗》、《书》。”从曹丕开始，中国人就对文体有了粗浅却准确的认识，经过陆机、挚虞，直到刘勰的“论文叙笔”，其对于文体的分类已经有了理论的模样。所以，徐师曾又说:“盖自秦汉而下，文愈盛；文愈盛，故类愈增；类愈增，故体愈众；体愈众，故辨当愈严。”“辨当愈严”的结果，就是清人梁光钊所谓的“文笔之分”。散文诗在中国大地上诞生之前，大部分中国人认同刘勰的话:“今之常言，有文有笔，以为无韵者笔也，有韵者文也。”像金圣叹那样，谓“诗何可限字句，诗者人之心头忽然之一声耳，不问妇人孺子，晨早夜半，莫不有之”(《与许青屿书》)，何其少也。故有韵也者，诗也；无韵也者，散文也。散文诗者，有韵乎，无韵乎，有无相克，合二而一，未之见也，无从想也，故不存也。这就是大部分中国人的看法，虽然数百年之后，他们人数已然不多了，但究竟还代表了一种看法，而且这种看法不会消失净尽。

显而易见，在法国，在中国，散文诗的诞生都是不平静的。

散文诗的历史并不长，大约 19 世纪中叶产生于法国，却不妨碍有人追溯到很远的古代，例如有些批评家居然在公元 1 世纪的《福音书》中找到了它的踪迹[1]，事虽不至此，却也为

---

1 乔治・布兰:《波德莱尔的暴虐》(Georges Blin, *Le sadisme de Baudelaire*, José Corti, 1948)，第 144 页。

钱锺书先生的论断增加了一个例证："这种事后追认先驱（la préfiguration rétroactive）的事例，仿佛野孩子认父母，暴发户造家谱，或封建皇朝的大官僚诰赠三代祖宗，在文学史上数见不鲜。"[1] 法国中世纪有一种半是散文半是诗歌的文学样式，叫作la chantefable，意为歌唱的寓言，诗歌的部分要唱，散文的部分要说，说说唱唱，译作弹词，倒也贴切。代表作是产生于13世纪初的《奥卡森与尼柯莱特》，其散文部分抑扬顿挫，铿锵悦耳，被称作"节律散文"（la prose cadencée），从发展的链条上看，与现代散文诗有某种联系，但是，它们中间一个根本的区别是，节律散文是散文，而散文诗是诗，并且散文诗的特点并不表现为"抑扬顿挫，铿锵悦耳"。这种半诗半散的"弹词"进一步发展，便出现了一种介于日常语言和诗歌语言之间的散文，很快流行开来，并于1540年获得了"诗意散文"（la prose poétique）这一名称。17世纪的古典主义者是严格区分诗与散文的，作家们被告诫要"十分注意在散文中避免用韵"，只有莫里哀例外，他不仅在剧中应用这种文体，并且用过"诗的散文"一词。进入18世纪，法国诗歌呈现出一片衰败的景象，诗人的感情倾诉不再能忍受诗的节奏和格律的束缚而寻求一种自由的表达，于是散文乘虚而入，出现了一种交织着史诗的雄浑和抒情的委婉的作品，发表于1699年的

1 《钱锺书集·七缀集》，三联书店，2002年，第3页。

《忒勒玛科斯历险记》就是一个典型。费奈隆的这部作品又被称作“大散文诗”，这说明诗意散文有了进一步的发展，进入一种散文与诗纠结不清的状态。法国古典主义理论家布瓦洛在1700年写给他的对手贝洛的一封信中，也不得不承认散文中同样有诗意，他甚至说出了“散文诗”这个名称：“……有不同种类的诗，这方面拉丁作家不但没有超过我们，他们甚至不知道还有散文诗，我们叫作小说……”[1] 他说的散文诗指的是小说中的诗意。正是从《忒勒玛科斯历险记》开始，小说的创作才毫不犹豫地追求诗意，不但在“古今之争”中现代派把这部小说当作一面旗帜挥舞，向诗律发起猛烈的进攻，就是费奈隆本人也公开宣称：他的作品是一种“像荷马和维吉尔一样的神话故事，其形式是英雄的史诗”。他在致学士院的一封信中说：“我们的文章在那些绝无诗句痕迹的地方充满了诗意。”[2] 在1719年，人们终于认识到，并非只有节奏和韵律才能造成诗意，杜波斯神甫说：“有不用诗句写成的美丽的诗篇，正如没有诗意却徒有美丽的诗句。”[3] 这就意味着，诗还是非诗，形式上的节奏和韵律并不是决定的因素。有节奏、有韵律的，可以为诗句，但不一定是诗，诗取决于别的东西。

在法国诗人非诗律化的斗争中，翻译起了决定性的作用，

1 转引自《从波德莱尔到我们当今的散文诗》，第22页。
2 同上。
3 转引自《从波德莱尔到我们当今的散文诗》，第10页。

例如贺拉斯、塔西佗、弥尔顿等人的作品，都被译成了散文。普雷沃神甫指出，“有相当数量的翻译，把诗译成诗意散文，其成功不借助于韵律而在我们的语言中传达了外国诗歌的全部的美”。[1] 可以说，是翻译家首先进行了散文诗的尝试。1756年，马莱翻译了冰岛史诗《埃达》，1760年，图尔格翻译了苏格兰–爱尔兰莪相史诗，1762年，于贝尔（即图尔格）翻译了瑞士诗人格斯纳的诗，1769年，勒图纳尔翻译了英国诗人扬格的诗，这些翻译都采取了散文的形式，但是都传达了自然、荒蛮和田园生活的诗意，在当时影响很大，甚至出现了模仿的热潮。谈到这些翻译，人们经常说它们对法国人的感受性和“真正的诗的概念”的形成，起到了至关重要的作用。同时，这些翻译及其产生的影响也给了法国散文以积极的推动，“散文诗从此也有了决定性的方向”[2]。简言之，以节奏圆融、韵律严格著称的法国古典诗不能传达外国诗急迫、艰涩的节奏和原始、野蛮的诗意，就是流畅、华丽、高雅的法国古典散文对于外国诗古朴、苍劲的风格亦不能应付裕如，所以，以散文译外国诗逼得散文要走另外一条路。

直到1760年，在法国存在着两种散文，一种是雄辩的散文，从17世纪继承下来，以《忒勒玛科斯历险记》为代表，

1 转引自《从波德莱尔到我们当今的散文诗》，第24页。

2 《从波德莱尔到我们当今的散文诗》，第25页。

其继承者以华丽、婉转、和谐著称；一种是简洁的散文，以伏尔泰和孟德斯鸠为代表，其特点是平实、朴素、理智。对狄德罗来说，节奏、句子的运动和词汇的音响不应该服从复杂的修辞，也不应该产生纯粹形式上的和谐，而应该和生命的存在之最深刻的运动相一致。他说："真正的和谐其对象不单纯是耳朵，而是它所来自的灵魂。"[1] 卢梭则以表达方式的抒情性打开了文学的新局面，其标志是1761年问世的《新爱洛伊丝》。他的文体和谐，极富音乐性，不仅仅诉诸智力，而且诉诸感受性，在呈现一片风景的同时，又唤起一种如海浪般汹涌的感情。他的文章具有强大的暗示力，展现了一种真正的诗意。他在一篇手记中问道："如何成为一个散文诗人？"[2] 作家们不再容忍严格而武断的规则的束缚，他们渴望无拘无束地表达自己的感情，只愿意服从自然和自己的天性。他们的作品走向了另一个极端，即无序的、混乱的灵感，虽有诗的充沛和灵动，却与散文诗的致密和紧张背道而驰。"于是，人们看到一个双重又相悖的现象：一方面，真正的诗意出现在自诉、日记、书信，没有文学意图、不讲结构的文字里，而它们不能被看作是诗；另一方面，一旦作家想要做一件艺术品，诗学规则的束缚、修辞的常规就凝固和枯竭了一切诗意。有诗意却没有诗，或者有

1 转引自《从波德莱尔到我们当今的散文诗》，第29页。

2 同上。

诗却没有诗意……”总之，“两者都未能接近这个平衡点：在那里结晶成真正的散文诗”。[1]

进入19世纪，夏多布里昂以他优美抒情的文体为法国散文注入了一股新的活力，他特别善于写作简洁、充满激情的文章，其间往往有自成篇章的短小段落，几百万字的《墓中回忆录》其实就是由这样的段落构成的，难怪有人不无夸张地称这部著作为“一首散文诗”。圣伯夫责备夏多布里昂写“一页”的文章，实行的是“美丽的片段的方法”。[2]正是《阿达拉》中的印第安歌曲对阿洛修斯·贝特朗关于散文诗的观念有着直接的影响：印第安歌曲分段，每段的结尾互相重复，作为副歌使段落首尾呼应，成为一个整体。夏多布里昂说《阿达拉》是“一种诗”，但是又说：“我根本不是将散文与诗句混为一谈的人。”这说明，在夏多布里昂心目中，散文是可以有诗意的，虽然他并没有提出“散文诗”的概念。同一时期的斯达尔夫人也表示，法国最好的抒情诗人可能存在于法国最大的散文家之中，并说：“漂亮的诗句并不等于诗。”[3]夏多布里昂的模仿者不少，但是没有人能够突破他的影响，形成独特的、个人的语

1 《从波德莱尔到我们当今的散文诗》，第31页。

2 圣伯夫：《夏多布里昂和他在帝国时代的文学集团》(Sainte-Beuve, *Chateaubriand et son groupement littéraire sous l'Empire*, Garnier frères, 1948)，第149页。

3 斯达尔夫人：《德国的文学与艺术》，丁世中译，人民文学出版社，1981年，第43页。

言，也就是说，在19世纪头二十年中没有产生真正的诗人，不过，散文诗形成的时机已趋成熟，到了法国浪漫主义运动的后期，它终于应运而生了。

法国的浪漫主义始于一本叫作《沉思集》的小书。1820年3月13日，巴黎塞纳街十二号的希腊–拉丁–德意志书店开始出售一本没有署名的薄薄的小册子，名叫《沉思集》，收诗二十四首。整部诗集的语言清新流畅，对爱情、时光、孤独等的咏唱缠绵悱恻，同时，宗教虔信的主题也表现得浓厚而深沉。第二天，一个叫作阿方斯·德·拉马丁的年轻人就不断地收到王公大人们的手札、短笺和任命，甚至以“国王的名义”送来的书籍。拉马丁一夜成名，《沉思集》的成就“日益高涨，溢出了为它挖掘好的所有渠道，淹没了首都，淹没了外省，淹没了整个欧洲。全世界的读者都为之欣喜若狂”[1]。这种狂热来自于法国古典诗歌的衰颓和苍白，“法国社会渴望诗歌已有一个多世纪了”。与此同时，“直到1820年，这种诗情只是在散文里才大为显现：让–雅克·卢梭和夏多布里昂已经以他们的抒情色彩使几代读者陶醉了”。[2]法国的诗情从此有了两个方向：一是破除古典诗歌的僵化及其智力活动的桎梏，代之以感情的喷发和情绪的宣泄；一是在散文中寻求出路，打破

1 居斯塔夫·朗松：《方法、批评及文学史》，徐继曾译，中国社会科学出版社，1992年，第472页。

2 《方法、批评及文学史》，第476页。

格律音韵的束缚，在灵活的散行文字中抒发情感。前者以拉马丁、维尼、雨果、缪塞等人为代表，后者则以阿洛修斯·贝特朗和夏尔·波德莱尔为代表。

阿洛修斯·贝特朗，本名路易-雅克-拿破仑·贝特朗，于 1807 年出生在意大利皮埃蒙特的塞瓦，后来到了法国的第戎，二十一岁时从第戎来到巴黎，出入雨果的浪漫主义文社。他体弱多病，既无名气，又乏靠山，既无钱，又少朋友，是一个典型的“波希米亚人”，又是一个苦吟派的诗人。贝特朗是一个运蹇命乖的诗人，在巴黎，他被看作是一个外省人；在他的家乡第戎，他被看作是一个巴黎人，毕生不知道自己的位置。“失败的浪漫派”、“早产的鹰”、“空有将才，死的时候却是一个中尉”，这就是人们对他的评价。关于第一次出现在浪漫主义文社的贝特朗，圣伯夫写道：“他没有过多的推脱，就以一种不连贯的语气朗诵了几首以散文体写成的小叙事诗，其准确的段和节相当好地模拟了某种节奏的韵律……”“段”和“节”正是贝特朗创作的基本特点之一，圣伯夫的耳朵没有欺骗他。1841 年 3 月 11 日，他死在医院中，年仅三十四岁，可谓英年早逝。他死后的第二年，即 1842 年，他的《夜之卡斯帕尔》在一个出版商手中搁了数年之后，终于出版了。这本薄薄的小书没有产生轰动，却以潜在的方式在诗人中寻求知音，发生影响，确立了贝特朗在诗国的星空中所具有的特殊地位，有人甚至说，波德莱尔试图“达到贝特朗的综合的高度，却未能成功”[1]。这个特殊的地位，是说贝特朗是法国散文诗作为一个文类的创始者。

《夜之卡斯帕尔》的全名是《夜之卡斯帕尔，仿伦勃朗和卡洛的想象》，共有五十二首诗，分为六大部分：《佛拉芒学派》、《老巴黎》、《黑夜和它的魔力》、《传闻》、《西班牙与意大利》和《短诗集》。贝特朗完全舍弃了诗的韵律和节奏，用散文的段取代诗的节，文句的节奏不再依赖分行而呈现散文式的分布。每首诗大致分为五六个很短的段落，有时采取排比或回环的句式，造成反复咏叹的气势。大量地使用破折号，在节奏上产生一种断裂，避免古典诗的圆润，甚至光滑。在用词上讲究简练精确，甚至取用很古老的词汇，竭力避免冗长的描绘，以图获得言简意赅的效果。在主题方面，则包括了民间、鬼怪、宗教、习俗、中世纪等内容，显得光怪陆离。这种清醒和眩晕、写实和诗意、恐怖和嘲弄的统一，使他的诗具有一种绝对独特的想象力。贝特朗在 1837 年的一封信中说：“我试图创造一种散文的新品种。”[2] 他的意图实现了，他果然创造了一种新的散文品种：散文诗。苏珊·贝尔纳说：“他（阿洛修斯·贝特朗）的独特作用是给予一种还未完全摆脱诗意散文的

---

1 马塞尔·让、阿帕德·梅泽伊：《现代思想的诞生》（Marcel Jean, Arpad Mezei, *Genèse de la pensée moderne*, Corréa, 1950），第 48 页，转引自苏珊·贝尔纳：《从波德莱尔到我们当今的散文诗》。

2 转引自《从波德莱尔到我们当今的散文诗》，第 60 页。

文类以自主性，是使一种散文诗的文类与其他相邻的‘诗’的文类（散文的史诗，小说，道德或抒情的沉思）毫不含糊地区别开来。可以说，他从散文的成分中‘滗析’出了散文诗，这种散文的成分他一直是驱赶的，也许他驱赶的没有他引入的多，他把散文引向一种文学的种类的存在。”[1]她总结散文诗的特点为：有机的统一性、无功利性和简短性。“统一性”说的是，一首散文诗无论多么复杂，表面上多么自由，它必须形成为一个整体，一个封闭的世界，否则它可能失去诗的特性；“无功利性”说的是，一首散文诗以自身为目的，它可以具有某些叙述和描写的功能，但是必须知道如何超越，如何在一个整体内只为诗的意图而起作用，换句话说，一首散文诗没有时间性，没有目的性，并不展现为一系列的事件或思想，它在读者面前呈现为一个物，一个没有时间性的整体；一首散文诗不进行脱离主题的道德等的论述或解释性展开，总之，它摆脱了一切属于散文的特点，而追求诗的统一和致密。[2]散文诗诞生在一个运蹇命乖、英年早逝的诗人手中，听来真让人扼腕叹息。

这就是散文诗在波德莱尔之前的简要历史。1842 年，我们要记住这个日子，这是《夜之卡斯帕尔》出版的年份，法国

1 《从波德莱尔到我们当今的散文诗》，第 72 页。

2 参见《从波德莱尔到我们当今的散文诗》，第 15 页。

的文学研究者公认，这本书的出版标志着法国散文诗作为一个独立的文类诞生了。迄今为止，在法国散文诗发展的一百六十年中，出现了不少辉煌的大师，他们的代表人物就是夏尔·波德莱尔，其代表作就是《巴黎的忧郁》。

波德莱尔第一次发表散文诗是在1855年，发表的诗作是《薄暮冥冥》和《孤独》，1857年，又发表了包括《薄暮冥冥》和《孤独》在内的六首散文诗，取名为《夜景诗》。此后他陆续发表了近四十首诗，总题先后取名为《孤独的漫步者》、《巴黎游荡者》和《巴黎的忧郁》。总题的变化，说明了主题的变化，也说明了任何一个题目，都不能涵盖整本书的形式和内容。直到1869年，波德莱尔逝世两年后，散文诗结集出版，冠名《巴黎的忧郁：小散文诗》，全书的形式为“小散文诗”，内容为“巴黎的忧郁”。波德莱尔把阿洛修斯·贝特朗的《夜之卡斯帕尔》称作“神秘辉煌的榜样”，充满了景仰之情，但又满怀信心地说，他“做出了特别不同的玩意儿”，并提出了他心目中散文诗的特征：“没有节奏和韵律而有音乐性，相当灵活，相当生硬，足以适应灵魂的充满激情的运动、梦幻的起伏和意识的惊厥。”同时，他把《巴黎的忧郁》看作“整条蛇”：“去掉一节椎骨吧，这支迂回曲折的幻想曲的两端会不费力地接上。把它剁成无数的小块吧，您将看到每一块都可以独立存在。”他以贝特朗为榜样，“以他描绘古代生活的如此奇特、如此别致的方式，来描写现代生活，更确切地说，一种更抽象的现代生活”。

波德莱尔的散文诗一经发表，就受到泰奥多尔·德·邦维尔、泰奥菲尔·戈蒂耶、若里斯-卡尔·于斯曼斯、保尔·布尔热等人的高度评价。例如，邦维尔说：“一千年来，人们满怀怜悯地对我们说：‘没有诗句，没有节奏，没有韵律，没有这些物质的魔力，你们会变成什么呢？这些东西首先可以保证我们感官的共谋，在一种音乐的陶醉中安抚我们的灵魂，在它们富有旋律的修饰的丰富中隐藏你们思想的贫乏和简单。’好了，夏尔·波德莱尔的散文诗可以回答这一切；剥夺诗人的诗句和竖琴吧，但是留给他笔；剥夺他的笔吧，但是留给他声音；剥夺他的声音吧，但是留给他动作；剥夺他的动作吧，捆住他的胳膊吧，但是留给他用眨眼表达的能力吧；他就永远是一个诗人、创造者，如果他只能呼吸，那么他的呼吸也会创造出某种东西。”戈蒂耶说：“应该承认，我们的诗歌语言还没有准备好表达多少有些罕见的、详尽的东西，特别是有关现代的、日常的或者豪华的生活的主题，尽管新的流派为使其灵活、柔顺做出了英勇的努力。《小散文诗》来得及时，弥补了这种无力……波德莱尔突出了他的天才的可贵的、精致的、怪异的一面。他能够抓住不可表达的东西，描绘漂浮在声音、色彩和他的思想之间的转瞬即逝的那些细腻差别，这些差别很像阿拉伯式的装饰图案或者乐句的主旋律。——这不仅仅是面对物理的自然，也是面对灵魂最隐秘的运动，面对反复无常的悲伤，面对神经官能症的有幻觉的忧郁，这种形式适于表现这些东西。《恶之花》的作者从中得出了奇妙的效果，人们惊奇地看到，语言时而通过梦的透明的薄纱、时而通过阳光的突然的清晰（这种阳光的清晰在远方的蓝色缺口画出了一座倾颓的塔、一片树、一座山峰）而让人们看到一些描绘不出来的东西，直到现在，这些东西并没有被语言简化。使风格能够表现未被伟大的词汇分类者亚当[1]命名的一系列东西、感觉和效果，这将是波德莱尔的荣耀之一，如果不是他最大的荣耀的话。”[2]至于《巴黎的忧郁》从出版到今天，一直受到诗人和批评家的推崇，这里不及细表。总之，波德莱尔虽然不是散文诗的创始人，但他是第一个把它当作一种独立的形式并使之趋于完善的人。

自《夜之卡斯帕尔》出版以来，人们一方面承认阿洛修斯·贝特朗的开创之功，一方面又略感不足，认为他为散文诗规定了过于严格的限制，例如为什么要有五段或六段，而不是四段或八段，或者更少，或者更多，为什么每一首诗一定要有类似于序和跋的句子，等等。在贝特朗手中，这已经成为一

1 《圣经·旧约·创世记》说，神造了一个“有灵的活人，名叫亚当”。“神用土所造成的野地各样走兽，和空中各样飞鸟，都带到那人面前看他叫什么。那人怎样叫各样的活物，那就是它的名字。”

2 转引自帕特里克·拉巴尔特:《夏尔·波德莱尔的小散文诗》(Patrick Labarthe, *Petits poèmes en prose de Charles Baudelaire*, Gallimard, 2000)，第196–199页。

种束缚，在他的一些模仿者手中，这种束缚就变成了一种铁模子，成批量地生产出“散文诗”作品。于是，散文诗等于从古典诗的模子里跳出来，又进入了一种新的模子，成了一种类似于商籁体或回旋诗的东西。波德莱尔则不同，他不是模仿贝特朗，而是有所创造，他先是“试着写些类似的东西”——类似《夜之卡斯帕尔》，然后他果然“做出了特别不同的玩意儿”，虽然他“至少是在第二十次翻阅阿洛修斯·贝特朗著名的《夜之卡斯帕尔》”。他的特别不同之处在于，《巴黎的忧郁》更加自由，完全舍弃了机械呆板的分段，短可数十行，长可十几段，或取对话，或加描绘，或用叙述，形式极其灵活，主题则是日常的事物、内心的活动、哲学的思考和大城市的景观，总之是“一种更抽象的现代生活”，贯穿着这种现代生活的是一种愤世嫉俗的情绪、悲观主义的思想、深厚的人道主义关怀和浓重的象征主义手法。

若里斯-卡尔·于斯曼斯于1884年发表了小说《逆行》，其中有对散文诗这一文体的赞美和推崇：“在所有的文学形式中，散文诗是德艾散特最喜欢的形式。由于天才的炼金术士的操作，根据他的要求，在血肉丰满的状态下，散文诗在其短小的篇幅中应该包含着小说的力量，它舍弃其分析的冗长和多余的描绘……于是，词汇的选择如此不可更动，以至于能够代替其他的一切词汇；形容词的安放如此巧妙、如此斩截，同样是不可移易，它打开了广阔的前景，读者可以整星期地对其既准确又多样的意思展开梦想，确认现在，重建过去，猜想人物的灵魂的未来，而这些人物是通过唯一的形容词展现出来的……一句话，对于德艾散特来说，散文诗是具体的精华，文学的精髓，艺术的精油。这种凝结成一滴的美味已经存在于波德莱尔的身上……”[1] 德艾散特的感受，就是于斯曼斯的感受。一百五十年后的今天，读者再读《巴黎的忧郁》，会与德艾散特和于斯曼斯有同感吗？

在中国，散文诗的出现是 20 世纪初外国文学翻译和介绍大潮之后的产物。自 1918 年始，刘半农即开始发表散文诗，且第一个使用了“散文诗”这个名称。从 1924 年到 1926 年，鲁迅完成了《野草》的写作，成就了中国文学史上辉煌的一页。给予鲁迅的《野草》以最深刻影响的诗人不是别人，正是夏尔・波德莱尔，是他的《巴黎的忧郁：小散文诗》。散文诗在鲁迅以后的中国的历史，不是一两句话可以说得清的，译者可能会另写一篇文章略叙一二。

1　若里斯－卡尔・于斯曼斯：《逆行》(Joris-Karl Huysmans, *A rebours*, Gallimard, 1977)，第 319–320 页。

巴黎的忧郁

（小散文诗）

给阿尔塞纳·乌塞

亲爱的朋友，我给您寄去一本小书，不能说它既无头又无尾，那将有失公正，因为恰恰相反，这里一切都既是头又是尾，轮流交替，互为头尾。我请您注意，这样的组合给予我们多么值得赞叹的方便啊，给您，给我，给读者。我们可以随意切割，我是梦幻，您是手稿，而读者是阅读；因为我并不把读者的倔强的意志系在一根多余情节的没完没了的线上。去掉一节椎骨吧，这支迂回曲折的幻想曲的两端会不费力地接上。把它剁成无数的小块吧，您将看到每一块都可以独立存在。我希望这里能有某些段落使您喜欢、高兴，所以才把整条蛇献给您。

我有一句小小的心里话要对您说。至少是在第二十次翻阅阿洛修斯·贝特朗著名的《夜之卡斯帕尔》（一本书您知、我知、我们的几位朋友知，还没有权利称为著名吗?）的时候，有了试着写些类似的东西的想法，以他描绘古代生活的如此奇特的别致的方式，来描写现代生活，更确切地说，是一种更抽象的现代生活。

在那雄心勃发的日子里，我们谁不曾梦想着一种诗意散文的奇迹呢？没有节奏和韵律而有音乐性，相当灵活，相当生硬，足以适应灵魂的充满激情的运动、梦幻的起伏和意识的惊厥。

这种萦绕心灵的理想尤其产生于出入大城市和它们的无数关系的交织之中。亲爱的朋友，您自己不也曾试图把玻璃匠的尖利的叫声写成一首歌，把这叫声通过街道上最浓厚的雾气传达给顶楼的痛苦的暗示表达在一种抒情散文中吗?

不过，老实说，我怕我的忌妒没有给我带来幸福。我一开始工作，就意识到我不仅离我那神秘辉煌的榜样很远，而且我还做出了特别不同的玩意儿（如果这可以称为玩意儿的话），这种意外除了我任何人无疑会感到骄傲的，但是对于一个视准确实现计划为诗人最大的荣耀的人来说，却是深深的羞辱。

您亲爱的夏·波

异乡人

“你最爱谁，谜一样的人，你说？父亲，母亲，姐妹，还是兄弟？”

“我没有父亲，没有母亲，没有姐妹，没有兄弟。”

“朋友呢？”

“您用了一个词，我至今还不知道它的含义。”

“祖国呢？”

“我不知道它在什么地方。”

“美呢？”

“我倒想真心地爱它，它是女神，是不凋之花。”

“金子呢？”

“我恨它，一如您恨上帝。”

“唉！那你爱谁，不寻常的异乡人？”

“我爱云……过往的云……那边……那边……奇妙的云！”

老妇人的绝望

这位干瘪的小老太婆看见这个漂亮的小孩，感到满心欢喜，所有的人都善待他，都想讨他喜欢：这漂亮人儿，像她一样脆弱，小老太婆，也像他一样，没有牙齿，没有头发。

她走近他，想对他微笑一下，做出一副讨他喜欢的样子。

可是孩子却吓坏了，在善良衰弱的女人的抚爱下挣扎，尖叫声充满了整个屋子。

于是，善良的老太婆又退回到永久的孤独中去，在一个角落里哭，自语道："啊！不幸的衰老的女性啊，讨人喜欢的年龄，哪怕是对于天真的人，已经过去了；我们想要喜欢那些小孩子，可我们却让他们害怕！"

艺术家的“悔罪经”

秋日的黄昏多么沁人心脾啊！啊！一直沁入到痛苦之中！因为有某些美妙的感觉，其朦胧并不排斥强烈；而且没有比无限的尖更锋利的了。

让目光消失在天和海的浩茫之中，其乐无穷！孤独，宁静，蓝天的无可比拟的纯洁！天边一面颤动的小帆，以其小其孤模仿着我不可救药的生活，海浪的单调的旋律，所有这些东西都通过我来思想，或者我通过它们来思想（因为在梦幻的伟大之中，自我很快消失！）；我说，它们在思想，但是音乐般和如画般的，没有遁词，没有三段论，没有演绎。

不过，这些思想，无论是出于自我，还是从事物本身涌出，都立刻变得过于强烈。快感中的力给人一种不安和有益的痛苦。我的神经太紧张了，只发出阵阵强烈而痛苦的颤抖。

而现在，天的深度令我惊恐；它的纯洁使我愤怒。大海的无情，景象的不变，又引起我的反感……啊！难道应该永远痛苦吗，或者永远逃避美吗？自然啊，你这冷酷的媚惑者，你这战无不胜的敌手，饶了我吧！不要再引动我的欲望和骄傲了！对美的研究是一场殊死的决斗，艺术家恐怖地大叫一声，随后即被战胜。

讨好者

正是欢庆新年的时候：一片泥泞和雪，驶过了千百辆华丽马车，闪烁着玩具和糖果，簇拥着贪婪和绝望，这种大城市的节日疯狂搅乱了一个最强有力的孤独者的头脑。

在这混乱这嘈杂之中，一头驴子迅速地跑过来，一个粗汉拿着鞭子在后面催。

驴子正要从一个人行道的拐角拐弯时，一位漂亮先生，戴着手套，穿着漆皮鞋，紧紧地系着领带，裹在一身崭新的衣服中，彬彬有礼地给这头卑贱的牲口鞠了一躬，一边摘帽一边说："祝您新年快乐，幸福！"然后带着自命不凡的神气转向不知什么同伴，仿佛请求别人对他的得意表示赞同。

驴子没有看见这位漂亮的讨好者，只是起劲地向着它干活的地方跑去。

而我，却突然对这个慷慨的傻瓜产生一种无法估量的怒气，我觉得他把整个法兰西精神都集中在他身上了。

双重屋子

一间梦一样的屋子，一间真正的精神之屋，停滞的气氛略微染上了粉红和蓝色。

灵魂沐浴在懒惰之中，遗憾和欲望为它蒙上香气。——这是某种昏暗的、发蓝的、玫瑰色的东西；瞌睡中一种给人快感的梦。

家具的形状都拉长、弯曲、疲惫了。家具一副做梦的样子；好像植物和矿物一样，被赋予一种梦游的生命。织物也在以无声的语言诉说着，像花，像天空，像将落的太阳。

墙上没有任何令人厌恶的艺术装饰。对于纯洁的梦和未经分析的印象来说，确定的艺术，实在的艺术，都是一种亵渎。这里一切都具有和谐之足够的明和美妙的暗。

一种经过最精心的选择的极细致的馨香，掺杂着轻微的湿润，在空气中飘荡，浅睡的精神被温室的感觉摇晃。

细软的布从窗前和床前大量地垂下；它有如雪白的瀑布倾泻。床上睡着偶像，这梦幻的女王。但是她怎么会在这里？谁带她来的呢？什么样的魔力把她安置在梦幻和快感的宝座上？有什么关系？反正她在那儿！我认出了她。

这真是她的眼睛，其光芒射穿了朦胧；这一对敏锐而可怕的眼珠，我从她骇人的狡黠中认出了它们！它们吸引、控制、吞噬着凝视她的冒失者的目光。我经常研究它们，这对引人好奇和欣赏的黑色的星。

靠了哪一个好心的精灵，我能这样被一片神秘、宁静、和平和芬芳包围着？啊！幸福啊！我们通常所说的生活，即便在它最幸福的扩展中，也和我现在所知道的这种至高无上的生活毫无共同之处，我一分钟一分钟、一秒钟一秒钟地体味着它。

不！这里分不存在了，秒不存在了！时间已经消失；是永恒的统治，美妙的永恒！

但是门上响起了可怕、沉重的声音，好像在噩梦中，我的肚子里挨了一镐头一样。

于是一个幽灵进来了。这是一位执达员，他以法律的名义来折磨我；一个无耻的姘妇前来叫苦，把她生活中的庸俗加在我的生活的痛苦之上；或是某家报馆主笔的跑腿来取续稿。

天堂般的屋子，偶像，梦幻的女王，以及伟大的勒内[1]所说的女气精，这个神奇的世界都随着幽灵那粗鲁的敲门声而消失了。

真可怕！我又回想起来了！我又回想起来了！是的，这又脏又乱的屋子，这没完没了的无聊，正是属于我的。你看家具蠢笨、多尘、缺角；壁炉里没有火，却满是唾沫的痕迹；凄惨的玻璃窗上，雨水在尘土中犁下条条沟壑；手稿东涂西抹，残缺不全；日历上铅笔画出了一个个不祥的日子！

而这另一个世界的芬芳，我刚刚还以一种完善的感觉陶醉着呢，唉！现在却被一种掺杂着不知是什么令人作呕的霉烂味儿的烟叶的恶臭所代替。人在这里呼吸到的只是忧伤的哈喇味。

这个世界狭窄、令人恶心，只有一件相识的东西还在向我微笑：阿片酊小药瓶；一个年老可怕的女友；像所有其他的女友一样，唉！多的是爱抚和背叛。

啊！是啊！时间又出现了；现在时间又称王了；和这丑恶的老头子一起来的还有他那魔鬼般的随从：回忆，悔恨，痉挛，害怕，焦虑，噩梦，愤怒和神经官能症。

我向您保证，现在秒钟正有力而庄严地敲着，而从钟

1 指夏多布里昂（François René de Chateaubriand，1768–1848）。

锤上迸出的每一秒钟都在叫着:“我就是生活，不堪忍受的生活，无法改变的生活!”

在人类的生活中只有一秒钟能报告好消息，引起每个人不可解释的恐惧的好消息。

是的，时间在主宰；他重建他那粗暴的专制。他用那一双刺棒推着我，仿佛我是一头牛。“叫吧！蠢货！流汗吧！奴隶！生活吧！受苦的!”

每人有他的怪兽

在巨大、灰色的天空下，在广阔、尘土飞扬的平原上，没有道路，没有草地，没有蓟草，没有荨麻，我遇见好几个人，弯着腰向前走。

他们每个人都背着一个巨大的怪兽，重如一袋面粉，或如一袋煤，或如罗马步兵的装备。可是这怪兽并不是一件僵死的重物；相反，它用弹性而有力的肌肉搂压着人；用它两只巨大的爪钩住坐骑的胸膛；它那庞大无比的头压在人的额头上，就像古时的武士为了威吓敌人而戴的可怕的头盔。

我问其中一个人，他们这是往哪里去。他回答我说，他一无所知，他，别人，都一无所知；可是很明显，他们是要到什么地方去，因为他们被一种无法控制的行走欲推动着。

有一件很好奇的事情要注意：没有一个行者对吊在脖子上、趴在背上的凶恶的野兽表示愤怒；甚至可以说，他们似乎认为这怪兽是自己的一部分。这些疲惫而严肃的面孔没有表现出任何的绝望；在这阴郁的苍穹下，他们的脚陷入和天空一样愁惨的大地的尘土中，带着注定要永远希望的人的无可如何的神情，走着。

行者的队伍从我身边走过，没入天际，地球圆形的表面遮住了人们好奇的目光。

有一段时间我一直想理解这奥秘；可是很快不可抗拒的冷漠控制了我，我被沉重地压倒了，那些背着过重的怪兽的人也没有这样。

疯子与维纳斯

多么美好的一天！宽阔的公园在太阳灼热的眼睛下发愣，就像青春在爱神的控制下一样。事物的普遍的狂喜无声地表达着，甚至流水都好像睡着了。与人类的节日截然不同，这里是静静的狂欢。

似乎越来越强烈的光使万物闪烁着，越来越灿烂；花儿五彩缤纷，渴望着与蓝天一争高低，温暖使香气可见，让它如同烟雾朝星辰飞升。

但是，在这万物的享受之中，我瞥见了一个伤心的人。

在一尊巨大的维纳斯雕像下，一个人为的疯子，自愿的小丑，他的职责是逗那些陷入懊悔和厌烦之中的国王们发笑。他穿着一身闪光而可笑的衣服，戴着犄角和铃铛，蜷缩在像座上，抬起一双满含泪水的眼睛，望着永恒的女神。

他的眼睛说："我是人类中最卑劣、最孤独的了，失去了爱情和友谊，甚至连最不完善的动物也不如。然而，我也像所有的人一样，生来就是为了理解和感觉永恒的美的呀！女神啊，可怜可怜我的忧伤和狂热吧！"

可是无情的维纳斯用她那大理石的眼睛望着远方不知什么东西。

狗和香水瓶

“我的漂亮的狗，我的善良的狗，我的亲爱的小狗，过来吧，闻闻这极好的香水，这是从城里最好的香水店买来的！”

狗于是摇着尾巴，我认为这在可怜的动物就等于大笑和微笑了，走过来，好奇地把湿润的鼻子放在打开盖的瓶子上；然后它突然惊恐地后退，对着我叫，是责备我吧。

“啊！可怜的狗，如果我拿给你一包大粪，你会有滋有味地闻它，可能还会吞掉它。你呀，你连做我忧郁人生的伙伴都不配，你就像那公众，对他们，不应拿出精美的香水，那会激怒他们，而应拿出精心选择的垃圾！”

恶劣的玻璃匠

有些人的习性纯粹是静观的，完全不适于行动，但是，在神秘的、未知的力量的推动下，有时却能行动，其速度之快连他们自己也觉得不可能。

有的人害怕从门房得到令人痛心的消息，就在他的门前怯懦地徘徊一个小时而不敢进去，有的人一封信拿了半个月而不敢打开，或者一年前就需要着手的事要等上六个月才不得不去做，有时候感到被一种不可抗拒的力量推向行动，仿佛弓上的一支箭。伦理学家和医生自以为什么都懂，却不能解释这些懒散、耽于肉感的人从哪儿突然来了一股疯狂的力量，而一个不能做最简单、最必要的事情的人在某一时刻竟有余勇去完成最荒唐，甚至常常是最危险的行动。

我有一个朋友，可说是世上最与人无害的梦幻者了，有一天他在森林里放火，他说是为了看看这火是否烧得如人们常说的那样容易。一连十次，都没有成功；第十一次，成功，可是有点过了头。

还有一位，跑到火药桶旁边点了一支烟，为了看看，为了知道，为了碰运气，为了强迫自己证明自己有毅力，为了玩玩，为了认识焦虑的快乐，或是什么也不为，只是由于任性，由于无所事事。

这是一种生自无聊和梦幻的力；突然爆发出这种力的人，正如我说过的那样，一般来说是最懒散、最多梦的人。

还有一位，羞怯到在男人的目光前也要低下眼睛，得集中全部可怜的意志才能走进咖啡馆或从戏院的办公室前走过，那儿的检票员对他来说有着米诺斯、埃阿科斯和拉达曼迪斯[1]的威严，可是他会突然搂住一位从他身边走过的老人的脖子，并当着惊呆了的众人狂热地亲吻他。

为什么？因为……因为这张脸不可抗拒地引起他的好感吗？可能吧；但是更合乎情理的是设想他自己也不知道为什么。

我不止一次成为这种发作和冲动的牺牲品，这使我相

1 Minos，希腊神话中的国王；Aeacus，希腊神话中的英雄；Rhadamanthus，希腊神话中的勇士。三者为兄弟，宙斯之子。

信狡黠的魔鬼溜进我们的躯体，指使我们在不自知的情况下完成他最荒唐的意志。

一天早上，我起床后心情不好，忧郁，因无所事事而疲惫，觉得要做一件大事，做一件惊人之举；于是我打开了窗户，唉！

（请注意，某些人的哄骗精神并不是一种工作或手法的结果，而是来自一种偶然的灵感，哪怕是由于欲望的强烈，它很大程度上是一种情绪，这种情绪据医生说是歇斯底里的，据思想比医生来得深刻的人说是撒旦的，它不可阻挡地促使我们去做一大堆危险的或不合适的行动。）

我在街上看见的第一个人是个玻璃匠，其刺耳的尖叫声穿过巴黎沉重而肮脏的空气，直达我的耳中。要我说出为什么来是不可能的，我竟对这个可怜的人产生出一种既突然又专横的仇恨。

“喂！喂！”我喊他上来。我不无快乐地想到房子是在七层楼上，楼梯又很狭窄，这个人爬上来肯定会遇到些困难，他那易碎的货物的角也会在不少地方碰破。

他终于来了：我好奇地查看他所有的玻璃，对他说：“怎么！您没有彩色玻璃？粉的、红的、蓝的玻璃？神奇的玻璃？天堂的玻璃？您真是无耻！您竟敢在贫困的街区溜达，却没有让人把人生看成是美好的那种玻璃！”我用力把他推向楼梯，他一边嘟囔，一边打着趔趄。我走近阳台，抓起一个小花盆，当那人在门口出现时，我把这小炸弹扔了下去，垂直地落在他背着的东西的后沿上；撞击把他翻倒，脊背下，他那些流动的可怜的财富都碎了，响声清脆，好像一座水晶宫被惊雷炸毁。

我的疯狂使我陶醉，我愤怒地朝他喊道："美好的生活！美好的生活！"

这神经质的玩笑并不是没有危险的，人们常常可能要付出高昂的代价。但是，对于一个一秒钟之后就发现了永久的享受的人来说，永久的惩罚又算得了什么呢？

在凌晨一点钟

终于一个人了！只听见几辆迟归的、疲惫的出租马车在行驶。几个小时内，如果不是休息的话，我们至少可以得到安静。人脸的暴政终于消失了，我只因我自己而痛苦了。

终于，我可以沉浸在黑暗之中了！首先把钥匙旋上两圈。我觉得这一转增加了我的孤独，加固了把我和这世界分离的障碍。

可怕的生活！可怕的城市！让我们回顾这一天：看见好几位文人，其中一位问我是否可以通过陆路去俄国（他大概把俄国当成一个岛屿了吧）；以宽宏大量的态度和一位杂志主编争论，他对每一条意见都回答道："这才是有教养的人的观点。"这意味着其他的报纸都是由无赖主编的；向二十几个人打过招呼，其中有十五个不认识；和同样多的人握手，而这并不曾使我谨慎地买副手套；下大雨时，为了消磨时光，曾走进一个轻佻的女人家里，她请我为她画一件维纳斯式的衣服；曾向一位剧院经理讨好，他一边打发我一边说："您最好去找Z……；在我所有的作者中他是最笨拙、最愚蠢，也许最出名的一个，跟他也许您能得到些什么。看看他吧，然后我们再谈。"吹嘘（为什么？）我从未做过的好几件下流事，而且还懦弱地否认了几件我愉快地做过的坏事，例如大吹大擂的不法行为，不顾忌舆论的罪过；拒绝为朋友帮一个小忙，为一个滑稽透顶的人写了一封推荐信；唔唷！总算完了吗？

不满意所有的人，也不满意我自己，我想在黑夜的寂静与孤独之中赎回自身，品味自己的骄傲。我所爱的人们的灵魂，我所歌颂的人们的灵魂，使我强壮吧，支持我吧，让世界上的谎言和污浊空气远离我吧，而您，我的上帝，让我写出几句美丽的诗句，以此向我证明，我并非最卑劣的人，我并不在我所轻蔑的人之下！

野女人和小情人

“真的，亲爱的，您真是毫无节制、毫无怜悯地烦我；听您这样叹气，人们还以为您比拾麦穗的六十岁老太太和酒吧间门口捡面包头的老乞丐还要痛苦。

“如果您的叹息至少表达了您的悔恨，这将给您一点面子；但是这只是您舒服得太腻烦，休息得太疲惫。您还喋喋不休地说着废话：‘爱我吧！我太需要爱了！用这个安慰我，用那个爱抚我！’好吧，我来治治您的毛病；用不着花多少钱，也用不着走多少路，只要找个喜庆的地方，我们就能有办法。

“请您好好看看这个结实的铁笼子，里面有一头与您隐约相仿的毛茸茸的野兽，它暴跳，像囚徒般吼叫，如一头被流放激怒的大猩猩晃动着栏杆，准确地模仿着，时而是老虎的转圈的跳跃，时而是白熊的愚蠢的摇摆。

“这头野兽就是通常被人称作‘我的天使’的动物之一，也就是说一个女人。另一个野兽，手里拿着鞭子，声嘶力竭地叫着，是丈夫。他像牲口一样捆住他的合法的妻子，并在集市上展出，不用说，是得到了法官的许可。

“注意！她多么贪婪地（也许不是假装的！）撕扯着她的主人扔给她的活蹦乱跳的兔子和吱吱乱叫的鸡鸭。他说：‘行了，别把东西一天吃光。’说完这句明智的话，他狠狠地夺下猎物，可猎物的肠子还挂在凶猛的野兽的，我要说女人的牙齿上哪。

“看！着着实实地一棍打得她安静下来！因为她那双可怕而贪婪的眼睛还盯着那被夺走的食物呢。伟大的上帝！这一棍可不是闹着玩儿的，您听见皮肉的绽裂声吗，尽管有假毛？她的眼睛现在也从脑袋里冒了出来，叫得也比较自然了。她气得浑身冒火，像被锻打的铁。

“这就是夏娃和亚当的两个后代的夫妻习俗，您亲手创造的作品，我的上帝啊！这个女人毫无疑问是不幸的，尽管说到底荣耀的微微发痒的乐趣她可能并非没有体验。有些不幸是不可救药的，没有补偿的。但是在她被抛进的那个世界里，她永远不能相信女人还能有另外的命运。

“现在，我们两个来斗一斗吧，亲爱的女才子！在这到处是地狱的世界里，对您的美好的地狱，我还有什么可说的呢？您天天睡在和您的皮肤同样柔软的被窝里，咀嚼着灵巧的仆人为您细心切就的熟肉块。

“您这充满您那芬芳的、健壮的、卖弄风情的胸脯的小小叹息，您从书本上学来的矫揉造作之态，还有那只能引起观众怜悯以外的情感的不知疲倦的忧愁，对我来说又能有什么意思呢？真的，有时我真想告诉您，什么是真正的痛苦。

“我的爱挑剔的美人，看着您把双脚浸在泥水里，两眼蒙眬地望着天空，仿佛要请一个国王下来，活像一个乞求理想的小青蛙。如果您看不起一个庸碌无能的人（您知道得很清楚，我现在正是一个），您要当心天鹅，‘它会把您嚼碎，吞掉，随意宰割！’[1]

“尽管我是个诗人，我也不像您想的那样容易上当，如果您再用女才子式的哭泣来烦我，我会把您当成一个野女人，像一个空瓶子似的扔到窗外去。”

1　引自拉封丹寓言《青蛙请立国王》，译文略有改动。

人群

没有人可以浸在众人之中：享受人群是一种艺术；而只有这样一个人，他靠着全人类养活，生机勃勃，食欲旺盛，在襁褓中仙女就使他染上乔装改扮、戴上面具的癖好、对家居的痛恨和对出游的激情。

众人，孤独：对一个活跃而多产的诗人来说，是个同义的、可以相互转换的词语。谁不会让他的孤独充满众人，谁就不会在繁忙的人群中孤独。

诗人享有这无与伦比的特权，他可以随心所欲地成为自己和他人。就像那些寻找躯壳的游魂，当他愿意的时候，可以进入任何人的躯体。对他来说，一切都是敞开的；如果某些地方好像对他关闭着，那是因为在他看来这些地方不值一看。

孤独而沉思的漫游者，从这种普遍的交往中汲取一种独特的迷醉。他容易进入人群，品尝狂热的乐趣，这种乐趣和那些如箱子般封闭的利己者、像软体动物一样蜷缩着的懒惰者永远无缘。他接受任何环境给予他的任何职业、任何苦难和任何快乐。

人们说的爱情是多么渺小、有限和虚弱啊，与这难以形容的狂欢、与这完全献身于诗和怜悯的灵魂的神圣的出卖、与这突如其来的意外、与这过路的陌生人相比。

应该告诉那些世上的幸运儿，还有高于他们的幸福的幸福，更广阔，更细腻，哪怕只是为了杀杀他们愚蠢的傲气。殖民地的创立者，民众的牧师，远在天边的传教士，也许会尝到一些这神秘的迷醉吧；他们置身于用自己的天赋建造的广阔的家庭之中，有时会嘲笑那些人，他们竟然抱怨其不安定的命运和朴素的生活。

寡妇

沃韦纳格说，在公园里，有一些小径，出没的主要是落空的野心、不幸的发明家、流产的荣耀、破碎的心，所有这些烦乱闭锁的灵魂，在他们身上还轰响着一场风暴的最后的叹息，他们远远地离开那些寻欢作乐者和游手好闲者投来的傲慢的目光。这种多阴而隐蔽的角落是生活和伤残者相聚的地方。

诗人和哲学家尤其喜欢把他们贪婪的猜测引向这些地方。这里确有某种精神食粮。因为如果有一个地方他们不屑一顾的话，如我刚才暗示的那样，那首先就是富人的快乐。这种空虚之中的喧哗没有任何吸引他们的东西。相反，他们感到受到所有软弱、忧愁、孤独和被损害的东西的不可抗拒的吸引。

一双久经风霜的眼睛是不会错的。从那些僵硬或疲惫的面孔上，从那些凹陷无神或闪烁着斗争的最后光亮的眼睛里，从深而多的皱纹里，从如此缓慢或如此不连贯的举止中，他一眼就识破了无数的传说，诸如被欺骗的爱情、被轻蔑的忠诚、没有回报的努力、卑贱而沉默地忍受过的饥寒。

您有时在那些孤零零的长凳上看见过寡妇吗，贫穷的寡妇？无论她们戴孝与否，要认出她们是很容易的。不过在穷人的丧事中，总是缺少点儿什么，缺少的是和谐，这使其更让人伤心。她们不得不在痛苦上节省。富人则把他们的痛苦大肆炫耀。

什么样的寡妇是最悲惨最令人伤心的呢，是那个手里拖着孩子而孩子并不能分享其梦幻的那个吗？还是只身一人的那个？我不知道……有一次，我长时间地尾随一位这样的老妇人；她僵硬，笔直，披着一方小小的旧纱巾，浑身带着一种斯多葛派的高傲。

她显然由于绝对的孤独而注定染上单身老人的习惯，她的举止中的男子汉的性格又给她的严肃增添了一种神秘的辛辣。我不知道她在哪个悲惨的咖啡馆、如何吃的中饭。我一直跟她到阅览室；我长时间地窥测着她，她用兴奋的、曾被泪水灼烫的眼睛，在报纸中寻找有力的、富于个性的新闻。

终于，在一个下午，在迷人的秋季的天空下，一种懊悔和回忆倾泻而下的天空，她在公园的一个偏僻的角落坐下，远离人群，倾听一场音乐会，那儿正演奏巴黎民众喜欢的军乐曲。这大概是这位纯洁的老人（或者这位净化过的老人）的唯一的小小放荡吧，是从没有朋友、没有聊天、没有欢乐、没有知心人的沉重的日子里获得的安慰吧，多年以来，这沉重的日子上帝每年三百六十五次降给她！

还有一次：

我永远不能不看聚集在公共音乐会的场地周围的贱民，假使不是出于普遍的同情，至少也是出于好奇。乐队穿过夜晚送来了欢乐、胜利或富于快感的乐曲。长裙拖地，闪闪发光；人们目光交错；游手好闲者，因什么也不做而疲倦了，摇摆着身子，装作懒洋洋地欣赏音乐。这里只有富足和幸福；一切都洋溢着、诱发着放纵自己的无忧和快乐；除了那个穷人，她倚在外边的栏杆上，正在免费地从风中捕捉着断断续续的乐曲，观望着里边的辉煌热烈。

富人的欢乐折射在穷人的眼底，总是一件有意思的事情。可是那一天，透过那些穿着工装和印花棉布装的民众，我看见了一个人，其高贵与周围的平庸形成强烈的对比。

这是一个高大、庄严的女人，她神情高贵，我不记得在往昔的贵族美女中见过这样的女人。她浑身透出一种高尚节操的芬芳。她的脸忧伤而瘦削，正与她穿的孝服相配。她和那些同她混在一起而她却视而不见的贱民一样，一面听一面轻轻地点头，用深邃的目光望着这闪光的世界。

真是奇特的幻景！我自语道："肯定，这种贫穷，如果有贫穷的话，绝不应该接受可鄙的节俭；一张如此高贵的脸保证了这一点。那么她为什么要待在这个她如此突出的地方呢？"不过当我好奇地走近她的时候，我觉得猜出了其中的奥妙。这个高大的寡妇手里还领着一个孩子，像她一样穿着黑衣；尽管门票是微不足道的，但这钱也许能为小家伙买点什么东西，更有甚者，买个多余的东西，买个玩具。

她还要步行回去，孤独地，永远孤独地沉思冥想；因为孩子不听话，自私，没有温情也没有耐心；他甚至不能像一只纯粹的动物，如猫狗那样，成为孤独的痛苦的知心人。

卖艺老人

到处是度假的人们，炫耀，流动，喜气洋洋。这是一个盛大的节日，那些卖艺的、变戏法的、耍猴的和流动商贩，都盼着哪，以补偿一年中不好的日子。

我觉得这些日子里，人们忘记了一切，忘记了痛苦和工作；他们变得和孩子一样。对于小孩们，这是放假的日子，学校的恐怖被扔到二十四小时以后；对于大人们，这是和紧张的生活的有害力量之间缔结的一次停火，也是无休止的斗争中和紧张中的一次短暂的停歇。

不管是世界本身的人还是致力于精神劳作的人，都难以摆脱这民间的狂欢的影响。他们也都在不知不觉中沉入到这种无忧无虑的氛围之中。我呢，作为一个真正的巴黎人，从不错过机会观赏一番在这隆重的日子里神气活现的临时板棚。

实际上，它们进行着激烈的竞争：它们尖叫，吼叫，号叫。这真是一种叫声、铜器的碰撞声和焰火的爆炸声的混合。妓女们和笨伯们由于风吹雨淋日晒而变得黑瘦的面孔都痉挛着；他们好像对其效果充满信心的演员，说着俏皮话，开着其滑稽可笑有如莫里哀的一样有力和粗俗的玩笑；大力士们庄严而神气活现地穿着头一天才洗好的运动衫，像猩猩一样既无前额亦无颅骨，却为自己粗大的四肢而骄傲。美若仙女或公主的舞女们，在提灯的照耀下蹦跳、旋转，裙子上火花四射。

到处是光明、灰尘、快乐、嘈杂；一些人花钱，另一些人赚钱，却都同样的兴高采烈。孩子们揪住母亲的裙边，为了得到一根糖果，或是爬上父亲的肩头，以便更好地看看像神一样令人眼花缭乱的魔术师。到处弥漫着油炸食品的香味，它压倒了一切香气，像是为这节日点燃的香。

在那一头，在一排板棚的尽头，我看见一个可怜的卖艺人，他好像自觉羞愧，自己逃离了一切华丽的东西，驼背，衰弱，老朽，简直是个废人，靠在自己的破棚子的一根柱子上；那是一个比最愚蠢的野蛮人的棚子还要可怜的破棚子，两个蜡烛头儿，流着油，冒着烟，更照出了破棚子的穷困。

到处是欢乐、收益和放荡；到处是确有第二天的面包；到处是生命力的狂热的爆炸。然而这里却是绝对的苦难，穿上外衣的苦难，更令人感到可怕的是，苦难穿上了可笑的破烂衣衫，需要比艺术更形成反差。他不笑，悲惨的人！他不哭，他不跳舞，他不做手势，他也不喊叫；他不唱任何歌曲，不唱欢乐的，也不唱悲哀的，他也不乞求。他不说话，也不动弹。他放弃了，他认输了。他的命运已定。

可是他向人群和光明投去了多么深邃、令人难忘的目光啊，其涌动的浪潮就停在距他令人反感的苦难几步远的地方！我感到有一只歇斯底里的手掐住了我的脖子，我的目光似乎模糊了，反抗的泪水不愿掉下来。

干什么呢？何必去问这个不幸的老人，在这恶臭的黑夜中，在他已经千疮百孔的幕布后面，他有什么新鲜玩意儿、有什么奇迹要表演？的确，我不敢问；可能我的胆怯的理由会使您发笑，我承认我害怕使他出丑。最后，我决定在他的木板上顺手放一点儿钱，希望他能明白我的意思。这时，一股人流不知出于什么原因潮水般涌来，把我卷得远离了他。

回家的时候，刚才那一幕纠缠着我，我试图分析我的突然的痛苦，于是我对自己说：我刚才看见了一个老文人的形象，他活过了他曾是出色的愉悦者的那一代人；这又是一个老诗人的形象，没有朋友，没有家庭，没有孩子，被穷困和忘恩负义的公众所贬黜，而健忘的人们再也不愿迈进他的小棚子。

点心

我在旅行。我到了一个风景不可抵抗地庄严崇高的地方。无疑此时此刻在我的心灵中发生了什么事情。我的思想像周围的空气一样轻盈地飞舞起来；一切庸俗的情歌，如仇恨和世俗的爱，现在就像我脚下山谷中的云一样远远地飘去；我的心灵，如同庇护我的天穹一样宽阔和纯洁；一切尘世间的记忆在我的心中都淡化了、减弱了，就像远在另一座山的坡上放牧的牛群的铃铛声，难以察觉。平静的小湖，深邃而幽暗，时而飞过一片云影，宛若凌空巨人的披风留下的倒映。我现在还能记得，那种完全寂静的巨大的运动所引起的庄严而罕见的感觉，给我带来一种掺杂着恐惧的快乐。总之，沉浸在这令人激动的美景之中，我感到内心和宇宙的完全的安宁；我甚至认为，在我的完全的幸福和对于一切世间痛苦的彻底的遗忘中，我开始觉得说人性本善的那些报纸不那么可笑了；当不可救药的躯体又有了新的需求，我想到要恢复体力，缓解因长时间地爬山所引起的饥饿。我从衣袋里拿出一大块面包，一只皮杯子，还有装着点酏剂的小瓶，那是当时的药剂师卖给旅游者，在需要的时候和着雪水喝的。

我不慌不忙地切着面包，一个很微弱的声音让我抬起了眼睛。在我面前站着一个衣衫褴褛的小孩，面孔黝黑，头发蓬乱，那凹陷的、野性的、仿佛乞求的眼睛，紧盯着那一块切好的面包。我听见他用低而沙哑的声音叹道：点心！听到他用如此高贵的词称呼我这几乎是白的面包，我不禁笑了，我切了很大一块，递给他。他慢慢地走近，目不转睛地盯着他的垂涎之物；接着，他一把抓住面包，迅速退走，仿佛担心我的给予不真诚，或是我已经后悔了。

可是就在这时，不知从哪里冒出一个野孩子，和他长得十分相像，简直就是他的孪生兄弟，把他翻倒在地。他们一起在地上打滚，争夺那块珍贵的猎物，谁也不想分一半给他的兄弟。第一个孩子气极了，揪住了第二个孩子的头发；第二个则咬住了第一个的耳朵，随着一句干脆的土语的谩骂，吐出了一小块血淋淋的肉。点心的合法主人试图用他细小的爪子去抓侵占者的眼睛；可这一位却用尽全身的力气，一只手扼住敌手的脖子，一只手试图把战利品塞进口袋。可是战败者因绝望而来了力气，他站立起来，一头撞在胜利者的肚子上，让他在地上打滚。何必描绘一场丑恶的战斗呢？这场战斗实际上持续了很长时间，超过了他们孩童的力气所能允许的程度。那点心从一只手到另一只手，从一个口袋到另一个口袋；可是，唉！越变越小；终于，他们疲惫不堪，气喘吁吁，浑身是血，不可能再打下去了，说实在的，战争的原因也不存在了：那一块面包已经消失，变成了沙砾般大小的碎末，沾满了他们全身。

这一幕给我的风景蒙上了乌云，我看到这两个少年之前的平静的喜悦已消失得无影无踪；我忧伤了相当长的时间，不断地说："有一个美好的地方，那里面包被称作点心，这甜食如此稀少，竟能引起一场兄弟间残杀的战争！"

钟表

中国人从猫的眼睛里看时间。

一天，一位传教士在南京郊区散步，发现忘了带表，就问身旁的小男孩什么时间了。天朝之子先是犹豫了一下；接着就改变了主意，答道:“我这就告诉您。”一会儿工夫，那男孩出来了，怀里抱着一只肥大的猫，像人们说的那样，死盯着猫的眼白看了看，毫不犹豫地说:“还没到正午呢。”的确如此。

至于我，如果我向美丽的费利娜俯下身去，她的名字是这样美妙，同时既是她那一类的荣誉，又是我心中的骄傲和精神上的芬芳，无论白天还是黑夜，在四射的光明中还是在昏暗的阴影中，在她可爱的眼底，我总可以清楚地看到时间，永远不变的时间，广阔、庄严、巨大如空间，不分为分，也不分为秒，——一种钟表上不标明的不变的时间，然而却轻柔得像一声叹息，迅速得像一道目光。

当我的目光停在这美妙的钟盘上时，如果有某个不识趣的人来打搅我，如果某个不正派、不可容忍的精灵，某个不识时务的魔鬼对我说：“你在看什么，那样仔细？你从这动物的眼睛里找什么？你看到时间了吗，浪荡懒惰的凡人？”

我会立刻回答：“是的，我看到了时间；它就是永恒！”

不是吗，太太，一首确有价值的情诗，像您本身那样夸张？实际上，我如此愉快地描绘这自命不凡的奉承的话，作为交换我却不向您要求什么。

头发中的半个地球

让我长久、长久地闻你头发的气味吧，让我把整个脸都埋在里面吧，就像一个干渴的人把头伸进泉水里，让我用手抚弄你的头发吧，仿佛挥舞一方散发着香气的手帕，使回忆在空中飘荡。

如果你能知道我在你的头发中看到的一切！感到的一切！听见的一切！我的心灵在香气上漫游，就像别人的心灵在音乐中陶醉。

你的头发包含着整整一个梦，到处是帆，到处是桅杆；它们包含着浩瀚的海洋，其季风把我带向迷人的地方，那里天空更蓝，更深邃，那里空气浸透了果实、树叶和人体皮肤的芳香。

在你头发的海洋里，我瞥见一个港口，充满着忧郁的歌声、各民族的强壮汉子和在永远的炎热笼罩的广阔天空下显示其精致复杂的构造的各种船只。

抚摩你的头发，我又感到长久的慵懒，在沙发上，在一艘美丽的船的房间里，港口的水波轻轻摇动，我一边是几盆花，一边是几只凉水壶。

在你头发的炽热的火炉中，我又呼吸到掺着鸦片和糖的烟草的气味了；在你头发的黑夜里，我看到无边无际的热带蓝天在闪耀；在你头发的毛茸茸的海滩上，我陶醉于柏油、麝香和椰子油的混合气味。

让我长久地咬住你乌黑沉重的辫子吧。当我轻嚼你这有弹性但不听话的头发时，我仿佛在吞食着回忆。

邀游

有一个绝妙的地方，人们称作理想的乐土，我憧憬着和一个熟识的情人去看看。那是一个奇特的地方，隐没在北方的浓雾之中，可以称之为西方之东方，欧洲之中国，炽热的、变幻莫测的幻想可以尽情驰骋，用精致美妙的植物耐心地、顽强地替它增光。

一个真正理想的乐园，一切都那么美丽、富饶、宁静、适当；豪华乐于在秩序中辉映，生命洋溢，饱满而甜蜜；混乱，嘈杂和意外，一律排除；幸福与寂静结合；甚至饮食都富有诗意，丰盛而刺激；一切都像你呀，我亲爱的天使。

你知道那在寒冷的穷困中纠缠着我们的热病，那对我们不认识的地方的思念，那对于好奇心的苦恼吗？有个像你的地方，那里一切都美丽、富饶、宁静、适当，那里幻想建立和装饰了一个西方的中国，那里生活充满了甜蜜，那里幸福与寂静结合。应该去那里生活，应该去那里死亡！

是的，应该去那里呼吸、梦想、用感觉的无限延长时间。一位音乐家作过《邀舞》；那么谁去写《邀游》，把它献给所爱的女人、选中的妹妹呢？

是的，在这样的氛围中才能很好地生活，——在那里，更加缓慢的时间包含着更多的思想，时钟以更深沉、更富有意义的庄严鸣响着幸福。

在闪光的壁板上，或者在金色的、简洁富丽的皮革上，有着恬静、平和而深刻的图画，安详而栩栩如生，就像创造它们的艺术家的灵魂。落日的余晖把餐厅或客厅照得绚丽多彩，通过美丽的窗帘或铅条分割成小块的高大的窗户而变得柔和。家具宽大、奇特、怪异，装着锁和秘密，仿佛精细的心灵。镜子、纹章、窗帘、金银和陶瓷器皿正为眼睛演奏一首无声而神秘的交响乐；在所有的东西上，在所有的角落里，从抽屉的缝隙和窗帘的褶皱里散发着一股奇特的香气，一种苏门答腊的“闻了还想闻”的香气，这也正像是这所房子的灵魂。

我告诉你，这是一个真正的理想的乐园，那里一切都丰富、清洁、闪光，宛若一颗美丽的良心，一套精美的餐具，一件光芒四射的金器，一件五颜六色的首饰！那里充满着来自世界各地的珍宝，就像一个勤劳的人的家庭，值整个世界。一个奇特的地方，它高于别的地方，就像艺术高于自然，自然在这里被梦幻改造、修正、美化、再造。

让他们找吧，再找吧，让他们不断地把自己幸福的界限退后吧，那些园艺的炼金术士们！让他们给那些能够实现他们的野心勃勃的问题的人六万或十万弗罗林[1]吧！反正我找到了我的黑色郁金香和蓝色大丽花[2]！

无与伦比的花，重逢的郁金香，讽喻的大丽花，不是应该到那里去，这个如此宁静、如此多梦的地方，生活和开放？你难道不会被你的相似性所环绕？你难道不会映照在你自身的应和中，像神秘主义者所说的那样？

梦！永远是梦！心灵越是宏阔和精致，梦就越是使它和可能远离。每个人都带着他那一份天然的鸦片，并且不停地分泌和再生，而且从出生到死亡，我们有多少个小时是充满了实在的享受、成功和果断的行动？我们是在我的精神所描绘的图画中、在与你想象的图画中生活和度日吗？

这珍宝，这家具，这豪华，这秩序，这芬芳，这神奇的花，就是你呀。这也是你，那阔大的江河，那平静的运

1　英国两先令银币的名称。

2　当时，黑色郁金香和蓝色大丽花都是不可能的，喻不可能的理想。

河。那些它们负载的巨大的船，满载着财富，升起劳作时单调的歌声，这是我的思想，或沉睡，或在你的胸膛上滚动。你轻柔地把它们引向大海，它就是无限，一切都在你美丽的心灵的透明中反射着天空的深邃；——而当船在浪涛中疲倦了，装满了东方的物品，回到了始发的港口，这还是我丰富了的思想，从无限中向你飞来。

穷人的玩具

我想说说天真无邪的娱乐是怎么回事。无罪的娱乐是如此之少！

当您早上出门，决心在大街上逛逛，那就在口袋里装满不值钱的小玩具吧：用一根线牵动的扁木偶，在铁砧上敲打的铁匠，骑士和尾巴是个哨的马，沿着酒吧，在树下，把它们送给您碰到的不认识和穷困的孩子们。您会看到他们的眼睛睁得大大的。他们开始不敢拿；他们怀疑他们的幸福。然后他们会用手紧紧地抓住礼物，然后逃掉，就像猫逃到远离您的地方去吃您给它们的食物一样，因为它们已学会了不相信人。

在大路旁，在巨大的花园里，有一座美丽的白色古堡，沐浴在阳光中，一个俊俏鲜丽的孩子站在那里，穿着乡下衣服，很漂亮。

豪华、无忧无虑和看惯了财富使这些孩子如此漂亮，人们会以为他们和那些小康之家和贫穷之家的孩子是用不同的材料制成的。

在孩子身旁，在草地上，躺着一个富丽堂皇的布娃娃，上漆，镀金，穿着绛红色的裙子，戴着饰以羽毛和玻璃珠的帽子。但是，这孩子并不理会他喜欢的玩具，而是朝另一边望着：

在栅栏的另一边，在路旁，蒺藜和荨麻之间，也有一个孩子，肮脏，羸弱，满脸煤烟色，一个贱民的孩子，公正的目光可以从中发现一种美，如果他能像一个行家从一个马车制造工身上的油漆中悟到一幅理想的画一样，把他身上贫困的令人厌恶的污垢洗去。

通过隔着两个世界，大路和古堡的象征的栏杆，穷孩子向富孩子展示他的玩具，那富孩子像看一个稀奇、不认识的东西一样盯着。那小脏孩在一个笼子里逗着、弄着、摇晃着的，原来是一只活老鼠！他的父母，也许是出于节省，把玩具从生活中去掉了。

两个孩子兄弟般地互相笑了，露出了“同样白”的牙齿。

仙女的礼物

仙女们集合起来，为了把礼物分配给出生已二十四小时的新生儿。

所有那些古老的、任性的命运女神，所有那些怪僻的快乐与痛苦的母神，都是极不相同的：有的面色阴沉，郁郁不乐，有的淘气而狡黠；有的年轻，永远年轻，有的年老，永远年老。

所有信仙女的父亲都来了，怀里抱着新生儿。

天赋，才能，好运，不可战胜的机遇，都放在评判台的一边，就像发奖仪式上放在台上的奖品。所不同的是，这些礼物并不是对于一次努力的奖赏，而正相反，是对那些还没有生活过的人的一次恩惠，一次能决定他的命运、给他一生带来不幸或幸福的恩惠。

可怜的仙女们忙得不亦乐乎；因为求赏的人太多，而这个介于上帝和人类之间的世界和我们一样受制于时间及其无穷之后的铁律：日、时、分、秒。

实际上，仙女们也像被召见的大臣们或像盛大节日时获准无偿赎回典当之物的雇员们一样惊愕不止。我甚至觉得她们也时不时地焦躁地看看时钟的指针，如同人间的法官，早上一开庭就禁不住想着晚饭、家庭和舒适的拖鞋。如果在超自然的法庭上也有什么仓促和偶然的话，那么人间法庭上存在着同样的现象就不足为奇了。在这种情况下，我们自己也会是不公正的法官的。

果然，这一天还真出了点差错，这些差错人们会觉得是古怪的，如果认为谨慎而不是任性是仙女们特殊的、永远的本性的话。

因为她们把磁石般吸引财富的能力判给了一个富豪家庭的唯一继承人，他没有一点慈善的心肠，对生活中的财富也没有觊觎之心，日后他会被他的百万家财神奇地困死的。

她们还把爱美和诗才判给了一个面色阴沉的无赖的儿子，他是个采石工，完全不能帮助发挥才干，也不满足儿子的各种需求。

对了，我还忘记告诉您，在这种庄严的场合下，发放礼物是无可挽回的，任何礼物也不能拒绝。

所有的仙女都站起来了，以为她们繁重的工作终于结束了：因为已经没有剩下任何礼物了，也没有任何大度可以向这些小人物表示了。这时一个老实人站了起来，我想他是个小商贩，他一把揪住了离他最近的仙女的如五彩浮云般的裙子，喊道：

“嘿！太太！您忘了我们啦！还有我的小孩哪！我不想白来一趟啊。”

那位仙女为难了；因为什么也没有了。可是她及时地想起了一条著名的法则，尽管它在不可触摸的神灵们居住的超自然世界里很少实行，这些神灵是人类的朋友，常常还得迎合其激情，它们是仙女们，地精们，火蝾螈，男气精和女气精，男水妖和女水妖。我要说的法则是，当遇到小商贩这样的情况时，也就是说当礼物分完时，它们具有再给一份的能力，只要它们具有足够的想象力立刻创造出来。

于是，那位和善的仙女以一种和她的地位相当的坚定说道：“我赐给您的儿子……赐给他……讨人喜欢的才能！”

“可是怎么讨人喜欢呢？……讨人喜欢……为什么讨人喜欢？”小店主固执地询问，他显然只是个具有一般思维能力的人，不能上升到荒诞的逻辑的程序。

“因为！因为！”仙女驳斥道，怒冲冲地转过身去；

她追上她的伙伴们，对她们说：“你们觉得这位虚荣的小法国人怎么样？他什么都想明白，本来他已替儿子得到了最好的一份，可是还敢查问，讨论不能讨论的问题。”

诱惑或爱神、财神、名誉之神

两位漂亮的撒旦和一位同样出色的女魔鬼，昨天夜里登上了神秘的阶梯，地狱正是通过那儿进攻睡着的人的弱点，暗中与他联络。他们竟扬扬自得地站在我面前，就像站在一个台子上。这三个人物身上发出一种硫的光辉，在夜的昏暗的背景上凸现出来。他们的神情是那样骄傲，充满了威力，我一开始竟把三个人当成了真神。

第一个撒旦的模样看不出是男是女，身体的姿态还有着昔日巴克斯[1]的怠惰。他那美丽而忧郁的眼睛具有一种阴暗蒙眬的颜色，像是饱含着暴风雨的沉重泪珠的紫色堇，他那微张的嘴唇像是热气腾腾的香炉，发出好闻的香气；每当他叹气的时候，就有带着麝香味的昆虫迎着呼出的热

1 Bacchus，希腊神话中的酒神。

气飞舞起来，熠熠放光。

他穿着绛红色的袍子，作为腰带，围着一条闪闪发光的蛇，蛇抬着头，懒洋洋地转动着火一样的眼睛望着他。在这条活的腰带上，相间挂着盛满不祥的液体的瓶子、亮闪闪的刀子和手术器械。他的右手握着一个瓶子，装着一种发光的红色的东西，标签上写着这样古怪的话："喝吧，这是我的血，十足的补药"；左手是一把小提琴，无疑是为了歌唱其欢乐和痛苦，并在狂欢晚会上把他的疯狂传染给别人。

在他细弱的踝骨上，拖着几个断了的金锁链环，当由此引起的不适迫使他垂下眼睛望着地面的时候，他就自负地打量着那闪光、光滑、像打磨过的宝石一样的脚指甲。

他用难以安慰的痛苦的目光望着我，从中流露出阴险的醉意，唱歌似的对我说："如果你愿意，如果你愿意，我就使你成为灵魂之主，任你摆布一切生物，甚至胜过雕塑家雕塑泥土；你会体验到不断再生的快乐，即走出自身在别人身上忘却自己、吸引他人的灵魂直至与自己相融合的欢乐。"

我回答他："多谢了！这些不值钱的东西对我没有用，他们肯定不比贫穷的我更有价值。尽管我回想起来有些惭愧，但我什么也不想忘记；尽管我不认识你，老怪物，但你神秘的刀剪、可疑的瓶子和绊在脚上的锁链相当清楚地表明你的友谊不可靠。还是留着你的礼物吧。”

第二个撒旦没有这又悲又喜的神色，没有奉承的文雅举止，也没有精致、芬芳的美。这是一个肥胖的人，大脸盘，没有眼睛，大腹便便盖住了腿，皮肤金光闪亮，像是文了身，又像是一个个小人头，代表着人世间的种种不幸。有皮包骨的小人儿甘愿挂在钉子上；有小侏儒，丑陋，瘦弱，两眼乞求着施舍，比哆嗦着两只手更可怜；有老母亲抱着吊在干瘪的乳头上的发育不良的婴儿。还有其他一些。

这肥胖的撒旦用拳头擂着巨大的肚子，发出了悠长而响亮的金属铿锵声，结束为无数人声的模糊呻吟。他笑了，恬不知耻地露出了蛀坏的牙齿，他愚蠢地大笑着，像一切国家里某些吃得太好的人一样。

这一位对我说：“我可以送你一样东西，它能获得一切，赢得一切，取代一切。”说着他又拍了一下可怕的大肚子，响亮的回声说明了他的粗俗的话。

我厌恶地转过头去，答道：“我为了享受不需要任何人的苦难；我不要那糊墙纸似的愁眉苦脸的财富，也不要你皮肤上表现的种种不幸。”

至于那女魔鬼，我要不说第一眼就发现她有一种古怪的魅力，那我就是撒谎了。为了界定这种魅力，我想最好是把它比作青春已逝却永远不会衰老的非常漂亮的女人的魅力，她们的美保留着一种废墟的动人的魔力。她的神情既专横又笨拙，她的眼睛虽然暗淡，却有一股迷人的力量。然而最使我吃惊的是她那神秘的声音，这让我回想起最甜美的女低音和不断地被烧酒浇灌的嗓子发出的沙哑声。

“你想知道我的威力吗?”这假女神用迷人但又反常的嗓音说道，“那就听吧。”

于是她吹起一只巨大的喇叭，上面像芦笛一样挂满了世上各种报纸的名称，她用喇叭高喊我的名字，那声音如十万个雷霆冲入云霄，又从最远的星球上传了回来。

“见鬼!”我说道，差不多被震慑了，“这才是宝贵的呀!”但是我更仔细地观察这位迷人的悍妇，好像模模糊糊地想起，见过她和我认识的几个家伙碰杯饮酒；并且这沙哑的铜音在我耳畔唤起不知哪一只出卖自己的喇叭的声音。

于是，我轻蔑地答道：“滚开！我来到世上不是为了娶某些我不愿意指名道姓的人的情妇的。”

当然，我有权为这种如此英勇的克己行为感到骄傲。不幸的是我醒了，所有的力量都离我而去。“实际上，”我自语道，“我这么犹豫，该不是昏了头吧。啊！如果他们能在我醒的时候再来，我可不会这么挑剔!”

我高声乞求他们，求他们饶恕我，向他们许诺，为了配得上他们的恩宠，我怎么自轻自贱都行；但是我肯定是过分地刺伤了他们，因为他们没有再来过。

薄暮冥冥

天黑了。因一天的劳作疲惫不堪的可怜的人们终于平静下来；他们的思想现在染上了黄昏的柔和苍茫的色彩。

可这时，穿过夜晚透明的云雾，一声悠长的号叫从山顶传到我的阳台，仿佛人声鼎沸，在空中变成一股凄凉的和弦，像是高涨的海潮，或是苏醒的风暴。

这些不幸的人啊，黑夜不能使他们平静，他们像猫头鹰一样，把夜的来临看作狂欢的信号吗？猫头鹰的阴森的哀鸣从山上黑黢黢的收容所里传来；晚上，我抽着烟，凝视着这巨大的、竖着房屋的山谷，每个窗口都说："这里现在是安宁了，这里有天伦之乐！"当风从山冈上吹起的时候，我便可以让我那惊奇的思绪沉浸在这仿佛是地狱的和谐之中。

黄昏刺激发疯的人们。——我记得我有两个朋友，黄昏使他们犯病。一个无视所有的朋友和礼貌，像个野人，无礼地对待所有的人。我看见他抓起一只很好的鸡朝旅店老板头上掷去，不知道他从上面看到什么骂人的字。夜晚本来预示着深刻的快感，却使他败坏了最美味的东西。

另一个是失意的雄心勃勃的人，天色一晚就变得更尖酸、更阴沉、更爱戏弄人。他白天还是宽容而好客的，晚上就变得冷酷无情；他的黄昏病不仅对别人，也对他自己疯狂地发泄。

第一个死于疯狂，认不出他的妻子和孩子；第二个终生带着永远的不适所引起的不安，他即便获得共和国和亲王们赐予的一切荣誉，我认为黄昏还会激起他对想象的敬意的狂热欲望。夜晚在他们的精神上布下了黑暗，却在我的精神上放射着光明；尽管同样的原因引起了不同的后果这样的事情并不少见，我还是对此感到困惑和不安。

啊，夜晚！啊，清凉的黑暗！您对我是内心节日的先兆，您是一种焦虑的解放！在旷野的孤独中，在都会的石砌的迷宫中，繁星闪烁，灯盏通明，您是自由女神的焰火啊！

黄昏啊，您是多么甜蜜和温柔！玫瑰色的光亮还滞留在天边，好像是在夜的胜利的压迫下白日将尽，大烛台的火在夕阳最后的荣耀上留下了暗红色的斑点，一只看不见的手从东方的深处拉开的沉重帷幕，模仿着生命的庄严时刻于人心中斗争着的所有的复杂感情。

人们还会说，这是舞女们一种奇特的裙子，透明而暗淡的薄纱隐约露出了一条亮丽的衬裙的减弱了的辉煌，如同在现在的黑暗中射出美妙的过去；而黑夜播下的闪着金光和银光的星辰代表着只在夜的深沉的葬礼上才能点燃的幻想之火。

孤独

一位慈善的报馆老板对我说，孤独对人是不好的；为了证实他的论点，他像所有不信神的人那样，引证了教堂神父的话。

我知道，魔鬼愿意涉足荒野，孤独之中，凶杀和淫荡也得其所哉。但同时，孤独只对于那些闲散和胡思乱想的灵魂才是危险的，他们在孤独中充满情欲和幻想。

一个饶舌的人，当他站在讲台上或法庭上讲话的时候，他会感到至上的快乐，而在鲁滨孙的岛上，他极可能疯狂起来。我不要求这位报馆老板具有克鲁索[1]的勇气，但我要求他不要去指责喜欢孤独和神秘的人。

在我们这个喜欢饶舌的人种里，有些人要是允许他们

1　即《鲁滨孙漂流记》中的主人公鲁滨孙·克鲁索。

站在绞刑架下大发议论，而不必害怕桑代尔[1]的鼓声会打断他们的话，就会不十分厌恶地接受最高的惩罚。

我并不指责他们，因为我猜想这滔滔不绝的发泄会给他们带来快感，就像别人从寂静和沉思中获得快感一样；但是我鄙视他们。

我希望我那该下地狱的报馆老板让我自由自在地取乐。“那么，您从来不感到有与别人分享快乐的需要吗？”他以浓重的鼻音问我。您看，这是一个多么狡猾的忌妒者！他知道我蔑视他的快乐，便想混入我的快乐，这可恶的捣蛋鬼！

“不能离群索居是多么的不幸啊！……”拉布吕耶尔[2]在某处说，仿佛让那些跑到人群中忘掉自己而又显然害怕不能忍受的人难堪。

“几乎我们所有的痛苦都来自我们不善于在房间里独处，”另一个圣人帕斯卡尔说，我想这是召唤那些心情慌乱的人回到沉思的斗室，他们在运动和我称作（如果我使用本世纪的时髦语言的话）出卖自身中寻求幸福。

---

1 Antoine Joseph Santerre（1752–1809），法国大革命时巴黎国民军总司令，法王路易十六上断头台时要求对群众讲话，他下令擂鼓进行干扰。

2 Jean de La Bruyère（1645–1696），法国伦理学家，著有《性格论》。

计划

他在一座偏僻的大公园里散步，自语道："她穿上宫廷服装该多美啊，繁复而豪华，在一个美丽的夜晚，步下一座宫殿的石阶，面对着大草坪和水池！因为她生就一副公主的神态。"后来，他经过一条街的时候，在一家版画店前停下，发现纸板盒子里有一幅热带风光的版画，遂自语道："不！我并不想在一座宫殿里拥有她那宝贵的生命。那儿不是我们的家。再说，这些金碧辉煌的墙壁不能挂她的肖像；在这些庄严的走廊里，也没有一个角落能说说知心话。当然，应该待在那儿耕耘我生命的梦想。"

他一边打量着这幅版画的细节，一边继续思索着："在海边，一座美丽的木屋，环绕着我忘了名的各种古怪而发亮的树木……空气中一股醉人的、说不出的气味……屋内强烈的玫瑰和麝香的味道……远处，我们的别墅的后面，大浪摇晃着的桅杆尖……在我们周围，玫瑰色的光透过帘子，照亮了房间，房间里有新鲜的席子和醉人的花，还有几把用沉重乌黑的木料做成的葡萄牙洛可可风的罕见的椅子（她坐在那里，那么平静，那么凉快，吸着略带鸦片的烟草）！游廊之外，陶醉于阳光的小鸟在喧闹，黑人小女孩叽叽喳喳……夜里，为了陪伴我的梦，音乐树和忧郁的木麻黄树唱起了哀伤的歌！是的，说实在的，正是那儿有我要找的环境。我要宫殿干什么？”

再远些，他又走上一条大街，他瞥见一个干净整洁的客栈，在一扇印度花布使之悦目的窗子里，伸出两个嬉笑着的脑袋。他立刻自语道：“我的思想肯定是太狂放了，跑那么远去找近在眼前的东西。快乐和幸福就在随便哪一个客栈里，在一个偶然遇到的客栈里，那么多的享乐！暖烘烘的火炉，耀眼的瓷器，一顿过得去的晚餐，涩口的酒，宽大的床，有点粗糙但崭新的床单；还有什么更好的呢？”

他独自回到家里，这时，智慧的建议已不受外界生活的嘈杂压制，他自语道：“今天，在梦境里，我有了三个住处，都感到了同样的乐趣。既然我的灵魂能这样快捷地旅行，为什么还要强迫我的肉体变换地方呢？既然计划本身就是足够的享受，又何必去实现计划呢？”

美丽的多罗泰

太阳以猛烈的、直射的光压迫着城市；沙子刺眼，大海闪烁。人都倦了，萎靡不振，睡起了午觉，午觉是一种甜美的死，睡者在半醒的状态体味他的消亡的快乐。

然而多罗泰，像太阳一样强壮和骄傲，在空无一人的街上穿行，她这时是广阔的蓝天下唯一的生命，在阳光中显示出一个明亮而黑色的斑点。

她走着，懒懒地扭动着纤细的腰肢和宽大的臀部。贴在身上的纱裙，具有一种清淡和粉红的色调，与她黝黑的皮肤形成强烈的对照，紧紧地贴在她颀长的身躯、凹陷的脊背和尖尖的胸脯上。

她那红色的小伞，滤过了阳光，其反光在她黑色的脸蛋上撒下了红红的脂粉。

她那近乎蓝色的浓密的头发沉甸甸的，坠在俊美的头的后边，给她一种得意和懒散的神情。沉重的耳坠在小小的耳朵上悄悄密语。

海风不时地掀开她飘拂的裙角，露出光亮而美丽的大腿；她的脚，和欧洲博物馆里石雕女神的脚相似，在细纱上忠实地印上它的形态。因为多罗泰非常喜欢卖弄风情，被人欣赏的快乐在她看来比获得自由的骄傲还要重要，而且尽管她自由了，她还是光着脚走路。

她这样走着，体态和谐，幸福地生活，微笑着露出雪白的牙齿，仿佛在远处的空中看见一面镜子映出她的举止和美。

在这样的时刻，狗都在太阳的噬咬下痛苦地呻吟，什么要紧的原因使懒惰的、像青铜雕像一样美丽和冷淡的多罗泰这样地走呢？

为什么她要离开收拾得如此漂亮的小屋呢？花和席子不值钱，却做成了理想的小客厅；她在这儿快乐地梳妆、吸烟、纳凉或在她那大羽毛扇子上的镜子里自我欣赏，而大海敲打着百步之外的沙滩，以有力而单调的伴奏和着她迷茫的梦，铁锅里的番红花米饭炖螃蟹正从院子的深处传来诱人的香味儿。

也许她和一位年轻军官有约会吧？他在遥远的海滩上曾听同伴谈起有名的多罗泰。她这天真的造物肯定会求他为她描绘歌剧院的舞会，问他是否可以光着脚进去，如同参加本地的星期天舞会一样，这儿就连卡菲尔族的老太婆也会变得沉醉，快乐得发狂；还有是否巴黎的漂亮太太都比她漂亮。

多罗泰受到所有的人的欣赏和宠爱，如果她不必一皮阿斯特一皮阿斯特地攒钱，以便赎回她已经十一岁的小妹妹，她会十分幸福的，小妹妹已经成熟，而且是那么美丽！她肯定会成功的，善良的多罗泰；孩子的主人很吝啬，不懂得金钱之外的美！

穷人的眼睛

啊！您想知道我今天为什么恨您吗？您当然不易明白，除非我向您解释；因为我认为您是世上最令人琢磨不透的女人。

我们曾一起度过长长的一天，可是我觉得很短。我们曾许诺，我们的思想对您我都是相通的，我们的灵魂从此只是一个；总之，是一个普通的梦，说到底一个所有的男人都有过的、然而没有任何人实现过的梦。

晚上，您有点累了，想到街口的一家新咖啡馆坐坐，那条街也是新的，到处是泥灰，可已经得意地显露出未完成的辉煌。咖啡馆闪闪发光。汽灯展示出开始时的所有的热情，竭尽全力照着白得晃眼的四壁，一片反光的镜子，镶金的护条和突饰，狗拖拽着的胖脸蛋的侍从们，朝停在手上的鹰隼大笑的太太们，头上顶着水果、点心和野味的仙女们和女神们，伸着胳膊奉献盛满奶茶的小双耳杯或装着双色尖碑一样的冰淇淋的赫柏们和加尼米德们[1]；所有的故事和所有的神话都来为大吃大喝服务。

正在我们前面，在马路上，站着一个四十左右的老实男人，疲惫的脸，花白的胡子，一只手领着个小男孩，另一只胳膊上还抱着个弱得不能走路的小生灵。他正充当着保姆，晚上领着孩子们散步。三个人都穿得破烂不堪。三张脸都极端地严肃，六只眼睛盯着新咖啡馆，欣赏的程度一样，年龄的不同却使欣赏的角度有所不同。

父亲的眼睛说："多美啊！多美啊！好像这可怜的世界的金子都镶在这墙上了。"小男孩的眼睛说："多美啊！多美啊！可这房子只有和我们不一样的人才能进去。"至于最小的孩子的眼睛，已经入迷，只表现出深深的、愚蠢的快乐。

歌曲作者们说快乐使灵魂善良，心肠温柔。歌曲今晚对我来说唱得对。我不仅为这一家人的眼睛所感动，我还为比我们的干渴更大的酒瓶和酒杯感到有些羞愧。我转过了我的目光，看着您的目光，亲爱的，想从中读出我的思想；我深入您那绿色的眼睛，那里面住着任性，月亮启发它们的灵感，而您则说："这些人像车门般睁开的眼睛真让我难受！您不能请店老板把他们撵走吗？"人与人之间多

1 Hebe，希腊神话中为众神斟酒的女神；Ganymedes，宙斯的酒童。

么难以理解啊，亲爱的大使，思想是多么难以沟通啊，即便在相爱的人之间！

英勇的死

方西乌勒是一位受到称赞的丑角，几乎是君王的一位朋友。但是对于终生以滑稽为业的人来说，严肃的事情具有不可抗拒的吸引力，而看起来奇怪的是，祖国和自由的念头专制地占据了一个小丑的头脑，一天方西乌勒卷入一个由几个心怀不满的贵族组成的阴谋集团。

到处都有好人去向当局告发这种牢骚满腹的人，这些人想废黜国君，改造社会，但并不事先征求社会的意见。于是这些贵族被逮捕了，方西乌勒也在其中，而且必死无疑。

我想，君王看到他宠爱的喜剧演员也在反叛者之中，几乎会勃然大怒的。君王比起其他的君王既不好也不坏；但是一种过度的敏感使他在很多情况下比他的同类更残忍，也更专横。他酷爱美术，也是个很好的行家，在追求快感上真正是贪得无厌。他本人是个真正的艺术家，对人和道德相当宽容，只以无聊为自己最危险的敌人，他为逃避或克服这世界的暴君所花费的古怪的努力显然会使一位严厉的历史学家给他冠以“怪物”的称号，如果这位历史学家在自己的领域内被允许写不只以愉悦或惊奇（惊奇是愉悦的最微妙的形式之一）为目的的任何东西的话。这位君王的巨大不幸乃是他永远不会有一个足够大的剧场施展他的才华。有一些年轻的尼禄[1]，他们在太狭窄的限制中被闷死，后来的世纪将永远不知道他们的名字和良好的愿望。没有远见的福音却给了这位君王比他的王国还要大的能力。

忽然，有消息说国王要赦免所有的谋反者；消息的来源是一场大演出的广告，方西乌勒要在其中扮演他最重要和最好的角色，据说那几位被处死的贵族也要出席观看；一些肤浅的人说，这是被冒犯的君王的宽厚本性的明显迹象。

对于一个生性古怪且愿意古怪的人来说，他什么都干得出来，甚至德行，甚至宽容，尤其是当他能从中发现意想不到的快乐的时候。但是，对于像我一样能深入这个好奇的、病态的灵魂的人来说，君王想证实一个被判死刑的人的舞台才能的价值，则是无限更有可能的。他想利用这个机会做一次具有重大意义的心理试验，检查一下一个艺

1 Nero（37–68），古罗马帝国皇帝。

术家的习惯才能能被他所处的非凡环境伪造或改变到什么程度；此外，在他的心灵中是否存在一种或多或少不可改变的恻隐之心呢？这一点是永远也不清楚的。

重大的日子终于到来了，这个小朝廷摆出了最盛大的仪式，如果不是亲眼看到，很难设想一个资源贫乏的小国的特权阶级在真正的庄严时刻所显现出来的豪华。而这个特权阶级更是变本加厉，首先是所展示的奢侈的魅力，其次是附加在上面的道德和神秘的意义。

方西乌勒先生尤其擅演哑剧或话很少的角色，他们常常是那种神话剧的主要角色，其目的是象征性地表现生命的奥秘。他轻盈地走上舞台，演来十分放松，这就在贵族观众中增强了温柔和原宥的意念。

当人们说一个喜剧演员“真是个好喜剧演员”时，这句话中还包含着这样的意思，即在人物下面人们还猜到了演员，也就是说，猜到了艺术、努力、意志。于是，如果一个演员对于他所要表达的人物能够做到的，正是神完气足、能走会看的古代最完美的雕像对于一般的、模糊的美的观念所能做到的，那将显然是一个特殊的、完全不曾料到的情况。那天晚上，方西乌勒完全实现了这种理想，不可能不认为他是有生命的、可能的、真实的。这位丑角来去，哭笑，抽动着全身，头上一圈不可摧毁的光环，除了我谁也看不见，在一种奇特的混合物中掺杂有艺术的光辉和牺牲的荣耀。方西乌勒不知是通过什么特殊的优雅把神圣和超自然引入进来，直引到最狂放的笑料中去。我的笔颤抖了，当我试图为您描绘这不可忘怀的夜晚时，一直激动不已的泪水涌上了眼睛。方西乌勒以一种断然的、无可辩驳的方式向我证明，艺术的沉醉比什么都适于掩盖深渊的恐怖；天才可以在坟墓旁边带着一种阻止他看到坟墓的快乐表演喜剧，仿佛他沉浸在一个天堂里，排除了一切坟墓和毁灭的观念。

所有这些观众，曾经是麻木、浅薄的，立刻感受到艺术家的至上的威力。没有人再想到死和葬礼，甚至酷刑。看到这活生生的艺术杰作，人人都忘乎所以，无忧无虑地投入到无穷的快乐中去。快乐和欢呼声不时地爆发出来，像持续的雷鸣，摇晃着建筑物的顶棚。君王也陶醉了，和他的臣子们一起鼓掌。

不过，敏锐的眼睛可以看出，他的沉醉并不纯粹。他感到他的暴政被打败了吗？他感到他的恫吓心灵、麻醉精神的权术被羞辱了吗？他感到他的希望受到挫折、预见成为笑柄吗？当我凝视君王的脸的时候，头脑中闪过这样的设想，这些没有完全证实，但也不是绝对地无法证实的。君王本来就发白的脸上又增添了一重苍白，如同新雪盖上旧雪一样。就在他毫不掩饰地为老朋友，一位如此精彩地嘲笑死亡的奇特的丑角演员的才能鼓掌时，他的嘴唇收得越来越紧，他的眼睛发出一种内心的光，就像忌妒和怨恨的光一样。过了一会儿，我看见殿下朝身后的一位侍从俯下身去，和他耳语了几句。那美少年的调皮的脸上闪出了微笑；然后立刻离开了君王的包厢，像是去执行一项紧急的任务。

过了几分钟，响起一阵尖利的、长长的嘘声，打断了方西乌勒的最好的表演，也撕裂了人们的耳朵和心。在大厅里传来这一意外的非难的地方，一个孩子带着压低了的笑声，钻进了一条走廊。

方西乌勒震惊了，从梦幻中清醒，先是闭上眼睛，几乎是立刻又睁开，睁得出奇的大，然后张开嘴痉挛地呼吸，趔趄着向前几步，又向后几步，接着就僵硬地倒在台上死了。

那嘘声像剑一样快，果真代替了刽子手吗？君王本人知道他的诡计全部的杀人的效果吗？这是可以怀疑的。他惋惜亲爱的、不可替代的方西乌勒吗？相信这一点，是愉快的、合理的。

那几个有罪的贵族最后一次观看了喜剧演出。在同一天夜里，他们也被剥夺了性命。

此后，几个国家受到赏识的好几位哑剧演员到过这个宫廷演出；但是没有一位能够使人联想起方西乌勒的高超技艺，更未得到同样的“恩宠”。

伪币

离开烟店后，我的朋友把他的零钱仔细地分了一下：在背心的左口袋里，他装进了小金币；在右口袋里，他装进了小银币；在左裤兜里，他装进了一大把铜板，而最后，在右裤兜里，一枚他特别检查过的两法郎的银币。

“真是奇特而仔细的分配呀！”我自语道。

我们碰到了一个穷人，他颤抖着朝我们伸出了帽子。我从未见过他那双乞求的眼睛的无声的雄辩是那样令人不安，对于一个善于理解的人来说，那双眼睛充满了多少屈辱和责备啊。那里边有某种类似复杂情感的深刻性的东西，就像人们鞭笞的狗的泪汪汪的眼睛一样。

——我的朋友要比我慷慨得多，我对他说：“您做得对；在感到惊奇的快乐之后，再没有什么比使别人感到惊奇更快乐的了。”“那是一枚伪币。”他平静地答道，好像在辩解他的慷慨。

可是在我那一直在十四点的时候寻找中午的可怜的头脑中（老天怎么给了我这么令人疲倦的能力啊！），突然有了这样一个念头，如果我的朋友是想在那穷鬼的生活中引入一桩大事，甚至想知道一枚伪币在一个乞丐手中会给他带来什么样的悲惨或幸运的后果，他的这种行为是可以宽恕的。它能不能变成无数个真币？它能不能把他引进牢房？一个开酒馆的或一个面包房老板会把他当成伪币制造者或伪币流通者而让人抓起来。对于一个可怜的小投机者来说，伪币也可能是几天之内发财的源头。我思绪联翩，借予我的朋友的想法一双翅膀，从一切可能的假设中得到一切可能的推断。

可是他却突然打断了我的幻想，用上了我的一句话："是呀，您说得对；最甜蜜的愉快是给一个人比他的希望更多的东西，让他惊奇。"

我盯着他看了一眼，惊骇地看到他的眼中闪烁着一种不容置疑的天真。我于是清楚地看到他既想行善，又要做生意；既想省下四十个苏，又想赢得上帝的心；想便宜地登上天堂；免费地拿到一张慈善家的证书。我几乎要原谅他那罪恶的作乐欲望，我刚才设想他是能够做的；我本来会觉得他拿穷人取乐很好奇、很独特；但我决不原谅他荒谬绝顶的算计。居心不良是永远也得不到原谅的，但是知道自己是居心不良还有情可原；最不可救药的罪孽是愚蠢地做坏事。

慷慨的赌徒

昨天，我穿过大街上熙熙攘攘的人群，觉得被一个神秘的人物擦了一下，这个人我虽然从未见过，但我一直希望认识他，而且我立刻就认出了他。大概他对我也怀有同样的希望，因为他擦过时向我含义深远地眨了眨眼，我则立刻服从了。我紧紧地跟着他，很快就来到一家地下室，那里灯火通明，富丽堂皇，没有一家巴黎的高等住宅能有类似的场面。我感到奇怪的是，即使我经常从这个奇妙的地方旁边经过，却始终不知道它的入口处。那里弥漫着一种虽然醉人却和蔼可亲的气氛，使人暂时忘记了生活中一切无味的恐惧；人们在那里享受着阴凉的至福，类似于那些吃了忘忧果的人所体验到的那种至福，他们登上一座充满了永恒午后的阳光的、迷人的小岛，听到瀑布的旋律的震耳欲聋的声音，心中升起了永远不想回家、不想见妻子儿女、不想出海远航的愿望。

这屋子里有一些奇怪的男人和女人，脸上有一种不祥的美，我好像在哪个时代哪个国家见过他们，但我不能准确地回忆起来，他们使我产生的是一种兄弟般的好感，而不是那种不认识的人通常有的恐惧。如果我用某种方式解释他们眼中那奇特的表情，我会说我从未见过一双眼睛这样闪烁着对无聊的恐惧和感觉到自己在生活的永恒渴望。

当我和主人坐下来时，我们已成为十足的老朋友。我们吃着，我们敞开喝着各种不寻常的酒，还有一件不平常的事，就是几个钟头之后，我并不比他醉得厉害。不过赌博，这超人的快乐，多次中断了我们的痛饮。我应该说，我以一种充满英雄气概的轻松和愉快赌着，并在连赌中输了灵魂。灵魂是一个如此不可揣摩、常常无用、有时碍手碍脚的东西，对于这次输掉灵魂，我只略感不安，还不如我在散步中丢了名片。

我们又长时间地吸烟，雪茄无可比拟的味道和香气给灵魂带来了对于故乡和未曾感受过的幸福的怀念之情，我已沉醉在这一切欢乐之中，似乎一种过分的亲密并未使他不快，所以我敢于端起满满一杯酒，喊道："祝您万寿无疆，老山羊！"

我们也谈到宇宙，谈它的创造和未来的毁灭；谈当代伟大的思想，即社会的改善和进步，总的说来，谈论了人类的自命不凡的所有形式。在这个问题上，殿下滔滔不绝地开些轻松而不可辩驳的玩笑，其表达之语调的甜蜜、风趣的平静，是我在人类最健谈的人身上找不到的。他给我解释了控制着人类头脑的不同的哲学派别的荒谬性，他甚至还屈尊向我吐露一些基本的理论原则，而且我不能和任何人分享其好处和占有。他不以任何方式抱怨他在世界各地的坏名声，还向我保证他本人是对破除迷信最感兴趣的人，对于他自己的权力，他承认只害怕过一次，那是他听见一个比他的同僚们更敏锐的说教者在讲台上大声疾呼："亲爱的弟兄们，当你们听见吹嘘启蒙的进步时，千万不要忘记，魔鬼最狡猾的伎俩是说服你们他并不存在！"

对这个著名的演说家的回忆自然地把我们引向学士院的话题，我的奇特的膳友声称，在很多情况下，他不是不肯启发教育家们的笔杆、语言和良心，他其实总是亲自参加学士院的会议，尽管别人看不到他。

我被如此多的善意鼓舞着，就向他打听上帝的消息，问他最近是否见到了他。他带着无所谓又有点伤感的口吻回答我："我们碰到的时候就打个招呼，不过是像两个绅士一样，他那种天生的礼貌永远也不能把过去的怨恨从记忆中抹掉。"

殿下是否对一个普通的凡人做过如此之长的演讲，是值得怀疑的，我怕是滥用了它。最后，当颤巍巍的曙光照亮了窗户时，这位被那么多的诗人歌颂的、被那么多的哲学家不自觉地拥戴的名人对我说："我希望您对我留下美好的回忆，希望向您证明，尽管人们说了我那么多坏话，我有时，借用你们的一个通俗的说法，是个好鬼。为了补偿您不可弥补地输掉了的灵魂，我给您这个您可能赢得的赌注，如果运气在您一边的话，就是说，在您的一生中减少和战胜无聊带给您的古怪的病痛，这是您一切疾病和您一切可悲的进步的源泉。您的任何愿望我都会助其实现；您会统治您庸俗的同类；您会获得奉承，甚至赞扬；您不必做出任何努力，金银珠宝，仙宫神殿，会自己来找您，求您接受；您可以随意变换您的祖国和故乡；您会在那天气永远温暖、女人像鲜花一样芬芳的迷人的地方，不知疲倦地沉浸在快感之中，等等……等等……"他一边说一边站起来，微笑着打发我走了。

如果不是害怕在这样大的集会面前受到耻笑，我会心甘情愿地跪在这位慷慨的赌徒脚下，感谢他前所未见的豪爽。可是当我离开他时，渐渐地，心中又起了不可医治的怀疑；我再也不敢相信这种奇迹般的幸福了，而当我睡下的时候，又按照残留的愚蠢习惯做起了祷告，我在朦胧中不停地念道："上帝，我的上帝！请让魔鬼信守他的诺言！"

绳子

给爱德华·马奈[1]

我的朋友对我说："幻觉也许和人与人之间、人与物之间的关系一样是数不清的。当幻觉消失，就是说，当我们看清人或者事原原本本的样子时，我们会有一种奇怪而复杂的情感，一半是对于消失了的空想的遗憾，一半是在新颖和真实的事实面前的愉快的惊奇。如果说有一种明显的、平凡的、总是相似的、其性质不可能搞错的现象存在的话，那就是母爱。一个母亲没有母爱，就像一束光没有热一样难以想象；一个母亲对于她的孩子的一切行动和话语都归于母爱难道不是很合乎情理的吗？可是，请听听这个小故事吧，我被这种最自然的幻觉弄得大惑不解。

"我的画家职业使我注意地观察大路上走过的人脸

1 Edouard Manet（1832–1883），法国画家。

和表情，您知道我们从这种能力中获取怎样的快乐，它使生活在我们眼里变得比对于其他人更生动，更有意义。我住在一个偏僻的街区，如今房屋间还有一些宽大的草坪，我常常看到一个小孩，其热情而又调皮的神情比其他任何表情都更吸引我。他为我做了好几次模特，我有时把他画成小波希米亚人，有时画成天使，有时则画成神话里的爱神。我让他端过流浪者的小提琴，让他戴过荆冠，手里拿着激情的钉子和性爱的火炬。我从顽童的滑稽中获得了如此强烈的愉悦，终于有一天，我求他的父母，一对穷人，把他给我，并许诺给他穿好衣服，给他零用钱，除了让他给我洗洗笔、跑跑腿之外，不强迫他做任何事。这孩子洗净了脸，变得迷人了，他在我家的生活比诸他在父亲的破房子里简直是天堂。不过我应该说，这小家伙早熟的忧郁一阵阵奇特的发作有时使我感到惊奇，很快他就对糖和烈性酒表现出过分的兴趣；有一天，我发现，尽管我无数次地警告，他又偷了一次嘴，我就威胁他，要把他送回到父母那里去。然后我出了门，由于事务缠身，好长时间没有回家。

“当我回家时，多么可怕和令人惊讶啊，我一眼就看到我那小家伙，我一生的调皮伙伴，吊在这个衣柜的面板上！他的脚几乎还擦着地面；身旁翻倒着一把椅子，那肯定是他用脚踢开的；他痉挛的脑袋歪向肩头；脸已浮肿，眼睛睁得大大的，可怕地死盯着，我开始还以为他活着。把他放下来，可不像您以为的那么容易。人已经僵了，我有一种难以言状的恶心，不愿他直接地倒在地上。必须一只胳膊整个儿地托起他，用另一只手割断绳子。不过这样做了还没有完；这个小怪物用了一根非常细的绳子，已经深深地嵌进肉里，现在得找一把小剪子，在肿起的两条肉棱中找到绳子，才能使脖子解脱出来。

“我有一点忽略了，我当时拼命呼救；可我所有的邻居都拒绝帮助我，不知为什么，他们尊重文明人的习惯，不愿卷入一桩吊死的事。最后来了一位医生，他说孩子已死了数小时。后来为了下葬，我们得给他脱衣服，可是死尸的僵硬使四肢根本不能弯曲，我们只好把他的衣服撕碎剪破，才能剥下来。

“自然我应该通知警方，警察局长斜着眼睛看我，说：‘这很可疑！’大概事先镇住无辜者和有罪的人是他们根深蒂固的愿望和职业的习惯。

“剩下一件最大的事要做，我一想起来就感到可怕的恐慌：那就是通知他的父母。我的双脚不肯带我去。我终于鼓起了勇气。使我惊讶不已的是，他的母亲竟然无动于衷，眼角没有一滴泪水。我把这种古怪的事归于她应该感受到的恐怖本身，我想起了一句有名的谚语：‘最可怕的痛苦是无声的痛苦。’至于孩子的父亲，也只是昏头昏脑地

说：‘不管怎么说，这也许更好；他总归是不得好死的！’

“但是尸体就躺在我的沙发上，在一位女仆的帮助下，我正在忙着最后的准备工作，这时他母亲进了我的画室。她说她想看看她儿子的尸体。说实在的，我不能阻止她沉醉于她的不幸，不能拒绝她这最后的令人伤心的慰藉。然后她求我指给她孩子上吊的地方。我答道：‘啊！不！太太，这会使您难受的。’可是，我的眼睛不自觉地转向那口倒霉的柜子，我看见了面板上还钉着钉子，挂着一根长长的绳子，我心里一阵恶心，还掺杂有恐惧和愤怒。我急奔过去，拔下这些灾难的痕迹，正当我要把它们从开着的窗户扔出去时，那可怜的女人抓住了我的胳膊，以一种不可抗拒的口气说：‘啊！先生！把这留给我吧！我求您！我恳求您！’我觉得绝望无疑使她发疯了，对使她儿子死亡的工具产生了感情，把它留作一件可怖又可爱的纪念品。——她一把夺去了钉子和绳子。

“终于，丧事办完了！剩下的只是比以往更紧张的工作，以便渐渐地驱走萦绕在我头脑的折皱处的那具小小的尸体，其幽灵还用那双固定不动的眼睛让我感到疲惫。第二天我收到一包信：一部分来自这所楼房的房客，一部分来自其他临近的几所楼房；这些信来自二层、三层、四层……一部分是以开玩笑的口气写的，仿佛要用表面的玩笑掩盖真正的要求；另一部分则写得笨拙放肆，错误百出，但是所有的信都有一个目的，就是向我索取一段悲惨而有福气的绳子。在信的署名中，我应该说，女人的比男人的多；但是您得相信，这些人都不属于低下的平民阶级。我把这些信都留下了。

“顿时，一股亮光在我头脑中闪现出来，我明白了为什么那母亲要坚决从我手中夺走绳子，她想通过什么方式来自我安慰。”

志向

在一个美丽的花园里，秋日的阳光像是随意地迟迟不归，在泛绿的天空上，几条金色的云彩仿佛浮动的大陆飘荡着，四个漂亮的孩子，四个男童，大概是玩腻了，开始说笑起来。

一个说："昨天人家带我去看戏。在大而阴沉的宫殿深处，看得见大海和天空，男人和女人，也是既严肃又阴沉，但是比我们到处看见的那些人漂亮，穿得好，他们讲话像唱歌。他们相互威胁，请求，安慰，而且常常按住插在腰带上的匕首。嗬，真棒！女人比来家里看我们的那些女人漂亮，高大，尽管她们的大眼睛凹陷，两颊红红的，样子吓人，可是人们不能不去爱她们。我害怕，想哭，可我很高兴……奇怪的是，它叫你也想穿上同样的衣服，说同样的话，做同样的事，用同样的腔调说话……"

四个孩子当中有一个已经不听他的同伴讲了，令人吃惊地盯着天上不知什么地方，突然说："看哪，看那边……！你们看到他了吗？他在一小片云彩上呢，这一小片火红的云彩，慢慢地飘着。他也在飘，好像他也在看着我们哪。"

"谁呀？"其他的孩子问道。

"上帝呀！"他非常肯定地说，"啊！他已经很远了；过一会儿你们就看不见他了。毫无疑问，他在旅行，他要看所有的国家。看哪，他要从那一行树后边过去了，那行树差不多就在天边……现在，他落到钟楼后边了……哎呀！看不见了。"孩子冲着那个方向呆了好长时间，盯着地平线，眼睛里流露出不可表达的兴奋和遗憾。

"他傻不傻？什么好上帝，就他一个人看得见！"这时，第三个孩子说，他小小的身材充满了特有的生气和活力。"我给你们讲一件事吧，你们从来也没有见过，多少比你们的剧院和云彩要有趣。——前几天，父母带我去旅行，我们来到一家旅店，可是那儿没有足够的床，就决定让我和保姆睡一张床。"他拉了拉伙伴们，离他更近些，然后用更低的声音说，"这有一种很奇特的感觉，这么说吧，不一个人睡，黑暗中和他的保姆睡在一张床上。我睡不着，可是她睡着了，我就摸她的胳膊、脖子和肩膀，真有意思。她的胳膊和脖子比所有的女人都要粗得多，她的皮肤真滑溜啊，真滑溜啊，好像信纸和丝箔一样。我真高兴啊，恨不得长时间摸着她玩儿，可是我害怕，一是害怕把她弄醒，二是我也不知道害怕什么。后来我把头伸进她拖在背后的鬈毛一样的头发里，我保证，她的头发这时像花园里的花一样香。你们有机会像我一样试试，就知道了！”

披露这段新鲜事儿的小作者在讲述他的故事的时候，两眼瞪得溜圆，好像还在感受着当时的惊奇，落日的余晖照在他蓬乱的头发的红棕色发卷上，闪现着情欲的灿烂光环。不难猜想，他不会用一生去在云彩中寻找神性，而会在别的地方经常找到。

最后，第四个孩子说：“你们知道，我在家里不怎么快活；他们从不带我去看戏；我的监护人太吝啬了；上帝不管我和我的无聊，我也没有一个美丽的保姆来娇惯我。我经常觉得我的快乐就是永远朝前走，不知是什么地方，不要任何人担心，永远看新的国家。我在什么地方都不好，总是觉得待在别的地方比我所在的地方更好。有一回，在临近的乡村集市上，我看见三个人像我向往的那样生活着。你们是不会注意到的。他们个子高高的，脸色黑乎乎的，尽管衣衫褴褛，却一脸谁也不求的神气。他们一奏起音乐，阴沉的大眼睛就闪闪发亮；那音乐真令人惊奇，一会儿让人想跳舞，一会儿让人想哭泣，或是又哭又跳，如果听的时间太长，人就会疯了一样。一个在他的提琴上拉着琴弓，像在诉苦，一个用小锤子敲打着用皮带吊在脖子上的小钢琴，像是嘲笑他那诉苦的同伴，第三个却在拼命敲着他的钹。他们太开心了，人们都散了，他们还在演奏着自己的野台子音乐。最后，他们捡起小钱，背起背包，走了。我想知道他们住在哪儿，就远远地跟着，一直走到森林边上，这时我才明白，他们四海为家。

“一个问：‘要不要支帐篷?’

“‘天哪！不！’一个答道，‘多美的夜晚啊！’

“第三个一边数钱，一边说：‘那些人感觉不到音乐，他们的老婆跳舞像只熊。幸亏再过一个月，我们就到奥地利了，到那儿我们就可以碰到可爱的人啦。’

“‘也许去西班牙更好，季节不饶人哪；可要躲过大雨呀，只要把嗓子润湿就行。’另一个人说。

“你们看，我都记住了。后来他们每人喝了一杯烧酒，就面朝星星睡着了。我开始想请他们带我走，教我演奏他们的乐器；但是我没敢，大概是要决定点什么总是很困难的，再说我也害怕还没出法国就被抓回来。”

其他三个伙伴对此不大有兴趣的样子使我想到这小家伙已经是一个不被理解的人了。我细心地打量着他：在他的眼光和额头上有一种我无以名之的早熟的致命的东西，使得一般人不会对他表示同情，却不知为什么激起了我的同情，以致使我奇怪地想到这可能是我的一位不相识的兄弟呢。

太阳落了。庄严的夜来临了。孩子们分手了，每个人都朝着莫测的未来，随着环境和偶然，得罪他们的亲人，向着荣誉或屈辱攀登。

酒神杖 *

给弗朗兹·李斯特[1]

酒神杖是什么？从道德和诗意上说，是神圣的象征，教士和女祭司，神意的解释者和虔诚的信徒，拿着它赞美神明。但是具体地说，这不过是根棍子，纯粹的棍子，忽布[2]杆，葡萄的支柱，又干，又硬，又直。在这根棍子上，枝和花随意盘曲，玩耍嬉戏，枝则弯曲四散，花则像倾斜的铃铛或倒扣的酒杯。在这柔和或绚烂的线条和色彩的组合中，喷放出一种惊人的辉煌。这难道不是曲线和螺旋线向直线献媚邀宠，在无声的赞美中跳舞？喷发着芳香和色彩的这些美妙的花冠、花萼不是围绕着这根庄严的棍子跳起了神秘的凡丹戈舞吗？但是有哪一个鲁莽的凡人敢断定

---

* 希腊神话中酒神的女祭司所执，顶上有一颗松果和一束葡萄叶子。

1 Franz Liszt（1811–1886），匈牙利作曲家、钢琴家。

2 一种植物，其花为啤酒原料。

是花和葡萄蔓为棍子而生或是棍子不过是为了显示葡萄蔓和花之美的借口吗？亲爱的神秘、热情之美的酒神祭司啊，神杖是您的惊人的两重性的象征，您是既强大又受人尊敬的大师。被战无不胜的酒神激怒的仙女在她的慌乱的女伴头上挥舞神杖时，从不像您在您的弟兄们的心灵中施展天才时那样有力和随意。——这棍子，是您的意志，刚直，坚定，不可动摇；而花儿，则是您的幻想在您的意志周围散步；是女性围绕着男性跳起的动人的舞蹈。直线和曲线，意愿和表达，意志的强硬，词语的婉转，目的的一致，方法的变化，天才的强大而不可分的混合，哪一个分析家有这可恶的勇气来把你们分解和离析呢？

亲爱的李斯特，穿过浓雾，跨越江河，飞临钢琴歌唱着您的荣耀、印刷机表达着您的智慧的城市，无论您在什么地方，在永恒之城的光辉中，还是在康布里努斯[1]的慰藉下沉入梦乡的国度的浓雾中，无论您在抒写着欢乐之歌还是无法表达的痛苦，或是用纸张吐露您深奥的沉思，您这永恒的欢乐和焦虑的歌者、哲学家、诗人和艺术家，我向您致以永远的敬礼！

1　Cambrinus，神话人物，相传为啤酒的发明者。

沉醉吧

应该永远地沉醉。这就是一切；这是唯一的问题。为了不感到时间那可怕的沉重，它压断了你的肩膀并把您向地下弯曲，您应该不停地沉醉。

醉于何物？美酒，诗歌，还是德性，随便。但要沉醉。

如果有时在一座宫殿的台阶上，在沟壑的绿草上，在您房间的忧郁的孤独中，您醒了，醉意减弱或消失了，那么您去问风，问浪，问星，问鸟，问钟，问所有逃逸的东西，问所有呻吟的东西，问所有滚动的东西，问所有歌唱的东西，问所有说话的东西，问问几点了；风，浪，星，鸟，钟会回答您："是沉醉的时候了！为了不做时间的殉葬的奴隶，沉醉吧；不断地沉醉吧！醉于美酒，诗歌，还是德性，随便。"

已经！

太阳已经一百次从几乎望不到边的大海的广阔的大盆中升起，灿烂夺目或暗淡无光；也一百次地沉入广阔的黑夜，光芒四射或忧郁沉闷。多少天来，我们就开始观望天空的另一面，解开对趾点的天空的奥秘。每一个乘客都在呻吟和嘟囔。仿佛接近陆地更加剧了他们的痛苦。他们说：“什么时候我们才能从波浪摇撼的、从被我们上面的呼啸的狂风搅乱的朦胧中醒来？什么时候我们才能吃到不像海水那么咸的肉？什么时候我们才能在平静的安乐椅上消化食物？”

有一些人想家，思念他们不贞而乏味的妻子和爱吵闹的孩子。所有的人都因看不见陆地而惊恐不安，这使我认为，他们大概吃起青草来比畜生还来劲。

终于，我们看到了海岸；渐渐地，我们看清这是一片美丽迷人的地方。生命的夤夜音乐变成了一片低语的海浪，布满各种绿色的海岸散发出花果的芬芳香气，直传到好几海里的地方。

顿时大家都高兴起来，人人放弃了坏脾气。所有的争吵都被忘记，所有的错误都被原谅；约定好的决斗被从记忆中抹掉，怨恨也像烟一样消失。

只有我一个人是忧伤的，不可思议地忧伤。如同一个被剥夺了神明的教士，我一离开这片海就感到悲伤，它极其迷人，它在异常的简单中变化无穷，它好像包含着并通过它的嬉戏、波动、愤怒和微笑代表着所有生活过、正在生活和将要生活的人的脾气、末日和狂喜。

我一边向这无与伦比的美告别，一边感到沮丧得要死了；这就是为什么我的同伴说："终于到头了!"我只能喊道："已经!"

但是，这却是大地，带着它的声音、激情、方便、节日的大地；这是一个富饶美丽、充满希望的大地，它向我们传来一股玫瑰和麝香的芬芳，我们听到从这大地上升起生命的音乐，像爱情的低语。

窗户

透过一扇打开的窗户朝外看的人，绝不能和看着关着的窗户的人看到同样多的东西。一扇被烛光照亮的窗户是最深沉、最神秘、最丰富、最黑暗、最炫人眼目的。人们在阳光下看到的总不如在玻璃后面发生的事情有趣。在或明或暗的窗洞里，生命是活的，它在梦想，在受苦。

越过屋顶的波浪，我看见一个成熟的女人，已有了皱纹，贫穷，总是俯身看着什么，从来也不出门。根据她的面容、衣着、举动或者最微不足道的小事，我为这女人编造了她的故事，或者更确切地说，她的传说，有时候我一边哭，一边给自己讲。

如果这是一个可怜的老头子，我会同样自如地给他编上一段。

可能您会对我说："你能保证这传说是真实的吗？"如

果我自身之外的真实帮助我生活、帮助我感觉到我的存在和我是什么，那么它能是什么有何关系呢？

绘画的欲望

可能是不幸的，但是被欲望撕扯的艺术家则是幸福的。

我渴望画下那对我来说非常罕见之瞬间消失的她，仿佛夜间暴躁的旅行者身后一件令人惋惜的美丽事物。她已经消失很久了！

她很美，而且不止于美；她令人惊奇。她一身黑，她给人的感觉就是黑夜和深沉。她的眼睛是两个洞穴，模模糊糊地闪着神秘，她的目光则像闪电一样发亮；这是黑夜之中的爆炸。

如果可以想象有一个黑色的星辰放射着光明和幸福，那我就把她比作黑色的太阳。但是她更愿意让人想到月亮，大概月亮在她身上施加过可怕的影响吧；不是牧歌中的有如一个冷冰冰的新娘的、白色的月亮，而是挂在一个疾驰的乌云搅动的暴风雨之夜的不祥却令人陶醉的月亮；不是伴随着纯洁的人们的睡眠的宁静而谨慎的月亮，而是被色萨利的巫师们从天上拉下的、战败了却仍在反抗的、被迫在荒芜的草地上跳舞的月亮！

在她的小小额头上显示着顽强的意志和对猎物的爱。但是，她不安的脸上有着一对向往未知和不可能之物的翕动的鼻孔，唇红齿白的动人的大嘴爆发出一阵大笑，显得无可形容的幽雅，让人想到一朵极美的花开放在一片布满火山的土地上。

有些女人引起战胜并玩弄的欲望；而她却让人渴望着在她的注视下慢慢地死去。

月亮的恩惠

月亮是任性的化身，它透过窗子望着你在摇篮中熟睡，自语道：“我喜欢这孩子。”

它懒洋洋地步下云梯，无声地穿过了玻璃。然后它怀着母亲的温柔扑在你身上，在你的脸上撒下它的色彩。你的两只眸子还是绿色，脸蛋儿却是出奇地苍白。你凝视着这位来访者，眼睛奇怪地睁大；它却温柔地搂住了你的脖子，你直想哭。

然而，月亮的欢乐在膨胀，它像一片磷光、一种发光的毒充满了屋子；所有闪动的光芒都在思想，诉说：“你要永久承受我的亲吻的影响。你将像我一样的美丽。你将爱我之所爱，你将爱爱我的东西：水，云，寂静的夜；无边的、绿色的大海；无形而又千形百态的水；你不在的地方；你不认识的情人；奇形怪状的花；使人发狂的芳香；

在钢琴上发痴的猫，它们像女人一样以沙哑温存的声音呻吟！

“你将被我的情人们爱，将被我的奉承者们奉承。你将成为绿眼睛的男人们的王后，我在黑夜的温存中搂紧他们的脖子；你也将成为那些人的王后，他们喜欢大海，无边的、汹涌的、绿色的大海，无形而又千形百态的水，他们并不在的地方，他们不认识的女人，像一个陌生宗教的香炉的不祥的花，扰乱意志的芬芳，象征他们的疯狂的淫荡的野兽。”

你这该下地狱的被娇惯坏了的可爱的孩子，正是为此，我才睡在你的脚下，在你的身上寻找可怖的神明、命定的教母、所有精神病患者的投毒的奶妈的影子。

哪一位是真的？

我认识一位叫贝内蒂克塔的姑娘，她使周围的气氛充满理想，她的眼睛闪烁着对于伟大、美、光荣和一切使人相信不朽的东西的欲望。

但是，这神奇的姑娘太美了，活不了多久；因为我认识她之后不几天她就死了，是我亲手把她埋葬的，那一天春光摇动着香炉，一直到墓地里。是我亲手把她埋葬的，紧紧地关在一个不朽的香木棺材里，就像一个印度宝盒。

当我的眼睛盯着宝贝消失的地方时，我突然看见一个小人儿，特别像死者，她歇斯底里地、古怪地拼命踏着新土，一边大笑着说："我才是真正的贝内蒂克塔！我才是声名狼藉的下流女人！为了惩罚你的疯狂和盲目，不管怎么样你都得爱我！"

但是我气急了，回答道："不！不！不！"为了加强我的拒绝，我拼命地跺脚，以致我的腿在新坟里陷到了膝盖，可能要永远地陷入理想的沟壑，像一只跌进陷阱的狼。

一匹种马

她很丑。但是，她可爱！

时间和爱情的爪在她身上打下了印记，并且严厉地告诉她，每一分钟、每一次吻都要夺走一份青春和娇艳。

她的确很丑；她是一只蚂蚁，一只蜘蛛，如果您愿意，她甚至是一具骷髅；然而她又是饮料，是妙药，是魔法！总之，她有味儿。

时间没有毁坏她步履的和谐，也没有毁坏她身材的不可摧毁的优雅。爱情没有腐蚀她孩童般的气息的芳香；时间也没有使她浓密的头发失落半根，反而像野兽的芬芳一样散发着法兰西南部的狂热的生命力：尼姆，艾克斯，阿尔勒，阿维尼翁，纳博讷和图卢兹，这些充满阳光、爱情和魅力的城市！

时间和爱情大口地咬过她，可是没有用：它们并没有减少她那男孩似的胸脯的朦胧但永久的魅力。

她也许被磨垮了，但不疲惫，总是英气勃勃，让人想到那些种马，明眼人一眼就能认出来，不管是拴在一辆出租的四轮马车上，还是一辆沉重的货车上。

此外她又是如此温存、热情！她的爱就像人们秋天的爱；有人说，冬天的临近在她的心上点燃起一簇新火，她那温情的柔顺没有一丝儿让人疲倦的东西。

镜子

一个丑陋的男子进来了，对着镜子照起来。

“您为什么还要照镜子呢，既然这只能引起您的不愉快?”

丑陋的男子回答我:“先生，根据八九年[1]的不朽原则，人人权利平等；所以我有权照镜子；愉快还是不愉快，这只关乎我的良心。”

从理智上说，我显然是对的；但是从法律的观点看，他也没有错。

1 指 1789 年法国资产阶级革命。

港口

对于一颗倦于生活的斗争的灵魂来说，港口是一个迷人的居所。天之广阔，云之变动不居的结构，海之变幻不定的色彩，航标灯之明灭，这一切都是一个棱镜，特别适合愉悦眼睛，并使之永不厌倦。修长的船身，复杂的帆索，浪使之和谐地摇晃，在人心里保持着节奏和美的兴趣。尤其是，对一个既没有好奇心又没有野心的人来说，躺在平台上或俯在防波堤上观望那些人东奔西走，真有一种神秘而高贵的乐趣，有的走了，有的回来了，他们还有力量去渴望，还想旅行或发财。

情妇的画像

在一个男人小客厅里，也就是说，在豪华赌场旁边的吸烟室里，四个男人一边吸烟，一边喝酒。他们正好既不年轻，也不年老，既不漂亮，也不丑陋；但是，年轻也罢，年老也罢，他们都带有寻欢老手的那种一望便知的与众不同的神气，那种无法形容的气质，那种冷淡而嘲讽的忧郁，分明在说："我们见过的多了，我们在寻找我们还能热爱和珍视的东西。"

其中有一个谈起了女人。他若是根本不谈这个问题，倒显得更超脱些；但是有些有才智的人一喝过酒，倒也不轻蔑庸俗的话题。大家听他说，就像听一支舞曲。

他说："所有的人都是从谢吕班[1]那样的年纪过来的：

1 法国作家博马舍剧作《费加罗的婚姻》中的人物，是一个情窦初开的热情少年。

那时候，由于缺少山林女神，人们拥抱橡树也不反感。这是爱情的第一阶段。在第二阶段，就开始选择了。有了慎重考虑的能力，其实已经是堕落了。这时，人们明确地寻找美人了。而我呀，先生们，我可以荣耀地说，我早已达到第三阶段了，这是一个关口，光是美已经不够，还得加上香水、首饰，等等。我甚至承认有时候都在憧憬第四阶段了，那是一种未曾尝过的幸福，应该标志着绝对的平静。但是，在我的一生中，除了谢吕班的年纪，我对女人的恼人的愚蠢和令人发怒的平庸比任何人都敏感。我在动物身上所喜欢的，正是它们的天真。你们说说，我的最后一个情妇让我受了多大的苦呀。

“她是一位亲王的私生女。美自不必说；否则我干吗要她呢？可是由于一种不适当的、畸形的野心，她把这个大优点给毁了。她是个女人却总想当男人。‘您不是男人！啊！我是个男人多好！在我们两个当中，我才是男人！’我希望从她的嘴里出来的是歌声，可出来的却是这种不堪忍受的老调儿。一本书，一首诗，一出歌剧，我会情不自禁地喝彩，可是她立刻就说：‘您大概觉得这很有力吧？可您懂得什么是力量吗？’接着就是一大套理论。

“有一天，她搞起化学来了；从此在她的嘴和我的嘴之间就有了一个玻璃面具。这样一来就太一本正经了。有时候，我做了一个太热情的动作，碰了她一下，她就像被奸污的含羞草一样惊厥起来……”

“后来怎么样了？我还不知道您这么有耐心。”三个人当中有一个问道。

“有什么病，就有什么药。”他说，“有一天我发现这位密涅瓦[1]和我的男仆窃窃私语，那种情景我只能悄悄退到一旁，使他们不致脸红。晚上，我付了拖欠他们的工钱，把他们俩打发走了。”

另有一个人插话道：“我呢，我只有怨自己了。幸福已来到我家里住下，我竟没有认出来。最近命运给了我一个女人，供我享乐，她可是所有尤物中最温顺、最听话、最忠实的，总是有求必应，而且没有热情。‘我愿意，这让你好受嘛。’她平时就这么回答。您敲打这堵墙、这张沙发，您得到的叹息要比最热烈的爱的冲动从我的情妇的心中得到的还要多。在一起生活了一年之后，她承认她从未感到过快乐。我对这种不平等的决斗感到恶心，而这位无可比拟的姑娘也结了婚。后来我意外地又见了她，她指着她的六个孩子说：‘瞧啊，亲爱的朋友，做妻子跟做您的情妇一样贞洁。’这个人一点也没有变。有时候我还想她：我本应娶她的呀。”

其他的人笑了，第三个人说：

1 Minerva，罗马神话中的智慧女神。

“先生们，我尝到了你们也许忽略了的乐趣。我想说说爱情中的喜剧，一种并不排斥欣赏的喜剧。我对我最后一个情妇很欣赏，我认为超过了你们爱或恨你们的情妇的程度。所有的人都会像我一样欣赏她。当我们进入一家饭馆，几分钟之后，人人都凝视着她，忘了吃饭。堂倌们，还有老板娘，都感觉到这种传染性的惊诧，以致忘了他们的工作。总之，我跟这位活生生的尤物亲密地生活了一段时间，她也吃、嚼、咬、吞、咽，但是带着世界上最轻松、最无忧无虑的神情。她好长时间一直弄得我心醉神迷。当她说：‘我饿!’那口气是温存的、梦幻的、英国式的、罗曼蒂克的。她白天黑夜重复着几个字，一边露出世界上最漂亮的牙齿，让您又心疼、又高兴。我要是把她带到集市上当作贪吃的怪物展览的话，准会发财。我让她吃得很好，可是她却离开了我……‘大概是跟了一个食品商吧?’是这一类的人物，一个在后勤部门工作的雇员，她通过非法关系认识的，也许把好几个士兵的定量都给了这个可怜的孩子。至少我是这么想的。”

第四个人说：“我也经历过难以忍受的痛苦，却是出于与人们常常责备的女性自私相反的原因。你们这些过于幸运的人啊，我觉得你们这样抱怨情妇的短处是很不合适的!”

这番话讲得很严肃，讲话的人外表温和而庄重，几乎是一副教士模样，不幸被一双浅灰色的眼睛照亮，那眼神仿佛在说：“我要！”或者：“应该！”或者：“我决不原谅！”

“您这么神经质，我知道您，G先生；你们这么懦弱和轻浮，你们俩，K先生和J先生，如果你们碰上我认识的女人，你们要么逃走，要么死掉。而我呢，你们看到的，我活了下来。请你们想象一个不会在情感上和算计上犯错误的人；请你们想象一种使人受不了的宁静的性格；一种没有喜剧性、没有夸张的忠诚；一种无懈可击的温柔；一种没有冲动的力量。我的恋爱史就像在纯净而光滑的镜面上的无穷无尽的旅行，这面镜子单调得令人头昏眼花，以我的意识的带有讽刺性的准确照出我全部的感情和动作，以致我不能有任何不理智的动作和感情，否则立刻就会看到我的须臾不离的幽灵的无声的指责。爱情好像成了一种监护。有多少蠢事让她给挡住了呀，而我又是多么后悔没有去做呀！有多少债我是违心地还了呀！我从我的个人的疯狂中能够得到的好处都让她给剥夺了。她以一种冰冷的、不可逾越的规则挡住了我的所有任性之举。更可怕的是，危险过去了，她也不要求感激。有多少次，我忍不住扑向她的脖子，对她叫道：‘别这么完美吧，可怜的！让我没有别扭、没有恼火地爱你吧！’好几年中间，我欣赏她，可我的心里充满着恨。最后，死掉的可不是我！”

“啊！”其他的人叫了起来，“是她死了？”

“是啊，不能再这样继续下去了。爱情对于我已成了难以忍受的噩梦。胜利或死亡，像政治上说的那样，这就是命运强迫我做出的抉择！一个晚上，在一个森林里……在一个水塘边上……在一次忧郁的散步之后，她的两眼反射着天空的温柔，而我的心却像地狱一样紧缩着……”

“什么!”

“怎么样!”

“您想说什么?”

“这是不可避免的。我的公正的感情太多，不能殴打、凌辱和赶走一位无可指责的奴才。但是，必须把这种感情和这个人使我感到的厌恶协调起来；抛弃她但不失去对她的敬重。你们说我能拿她怎么办，既然她是完美的?”

三个伙伴看着他，目光蒙眬而略微有些呆滞，好像假装不明白，又好像暗中承认，至于他们，他们不会做出如此严厉的、尽管是可以解释的行动。

最后，他们又叫来了酒，消磨使生活如此艰难的时光，加速流动得如此之慢的生活。

献媚的射手

正当汽车穿越树林的时候，他叫车停在一个射击房旁边，说他很愿意打几枪，以消磨时光。消磨这头怪物，不是每个人最平常、最合法的事情吗？——他献媚地把他的手伸给爱人，美妙而又可恶的女人，从这个神秘的女人身上，他得到了那么多的快乐，那么多的痛苦，可能还有一大部分的才华。

好几枪都距离预定的目标很远；有一枪甚至打到天花板上；可那个迷人的尤物发疯地笑着，嘲笑她丈夫的笨拙，他突然转过身来，对她说："您看那个布娃娃，那边，右边，那鼻子翘到天上、有一副高傲的面孔的布娃娃。好，亲爱的天使，我想这就是您。"他闭上眼睛，扣动扳机。布娃娃的脑袋一下子给打飞了。

于是，他朝他亲爱的、美妙的、可恶的女人，朝他甩不掉的、冷酷无情的缪斯低下头，恭敬地吻着她的手，说：“啊！我亲爱的天使，我多么感谢您给我的灵巧!”

汤与云

我发疯的小恋人请我吃晚饭，透过餐厅开着的窗子，我凝视着上帝用气体造的活动建筑，不可触摸之物的绝妙建筑。我在沉思中对自己说："所有这些幻景几乎和我美丽的恋人一样美丽，我那绿眼睛的可怕的小疯子。"

突然，我背上狠狠地挨了一拳，我听到一个沙哑的、迷人的声音，一个歇斯底里的、像被烧酒弄哑的声音，我那亲爱的小恋人的声音，说："您要马上喝汤吗，怪家伙，云彩贩子？"

射击场与公墓

——观墓酒馆。——“这块招牌真奇怪!”我们的散步者自语道,“但是它到底能使人渴呀!肯定,这酒馆的老板会欣赏贺拉斯和伊壁鸠鲁的诗人学生。也许他还懂得古埃及人的深刻的精华,对于他们来说,没有骷髅,没有表示人生短暂的某种象征,就没有丰盛的宴会。”于是他走进酒馆,对着坟墓喝了一杯啤酒,又慢慢地抽起一根雪茄。接着,他突发奇想,进了墓地,里边的草那么高,那么招人,而且阳光充沛。

果然,阳光强烈,炎热不堪,好像喝醉了的太阳直挺挺地躺在被毁灭养肥的美丽的花毯上。空气中充满生命的无边的低语——无限小之物的生命——这声音被附近射击场射击声有规律地打断,就好像是在一曲低声演奏的交响乐的嗡嗡声中有一阵阵香槟酒瓶塞的爆炸声。

这时，在炙烤着他的头脑的阳光下，在残废的浓烈的芳香的氛围中，他听见了他坐于其上的坟墓下面有一个声音在窃窃私语：“你们这些吵吵闹闹的活人呀，你们的枪、你们的靶子真该下地狱，这么不关心死去的人和他们神圣的安息！你们的野心、你们的瞄准真该死，不耐烦的凡人啊，你们居然跑到死神的殿堂旁边来练习杀人的本领！如果你们知道那奖品多么容易得到，目标多么容易打中，除了死亡一切是多么无用，勤劳的人啊，你们就不会这样劳累你们自己了，也不会那么经常来打搅那些早已实现目的、实现可憎恶的生活的唯一真正目的的人的睡眠了！”

光环丢了

“啊！怎么！您在这儿，我亲爱的？在妓院里！您这个喝精华的人！您这个吃美味的人！说实在的，这令我吃惊。”

“亲爱的，您知道我怕车和马。刚才，正当我急匆匆地穿过大街，在泥泞中跳着，死亡穿过这滚动的泥水，从各个方向同时跑来，我猛然一动，光环就从头上滚到路边的烂泥里。我没有勇气把它拾起来。我觉得丢掉我的标志比起粉身碎骨来不那么难受。我对自己说，对某些事情而言，不幸是好事。现在我可以隐姓埋名地走一走，像普通人一样干些卑鄙的勾当，过过放荡的日子。您看，我和您完全一样了！”

“您至少应该贴个广告或者让警察帮着找找呀。”

“我的天，不！我在这儿很好。只有您认出了我。

再说，尊贵让我厌烦。另外，我也高兴地想，说不定哪位蹩脚的诗人会捡起来，恬不知耻地戴在头上呢。铸造一个幸福的人，多大的享受啊！尤其是一个让我发笑的幸福的人！您想想X，想想Z！嘿，多有趣！”

比斯杜里小姐

在汽灯的照耀下，我来到郊区的尽头，我感到一只胳膊轻轻地挽住了我，并听到一个声音在我耳边说：“您是医生吗，先生?”

我看了看她：她是一位大个子姑娘，强壮，眼睛睁得大大的，淡妆，头发和帽带一起随风飘舞。

“不，我不是医生。让我过去。”“啊！不，您是医生。我看得出来。到我家里去吧。您会满意我的。走吧!”“也许我会去看您，但是要晚一些，在医生之后，见鬼……”“啊！啊!”她一直拉着我的胳膊，大笑起来，“您是一个爱开玩笑的医生，这样儿的我认识好几位。走吧。”

我酷爱神秘，因为我总想解开它。我于是被这位同伴，或者是这个意想不到的谜，拖走了。

我就不去形容那座小房子了；人们可以在好几位著名的法国的老诗人那里找到。只是有一个细节为雷尼耶[1]所忽略，那就是有两三幅名医的肖像挂在墙上。

我受到了怎样的照顾啊！通红的火，温热的酒，雪茄；她把这些好东西献给我，一边也自己点了一根雪茄，这位滑稽的尤物跟我说："跟在您自己家里一样，朋友，别客气。这会使您想起医院和青年时代的。——哎呀！您在哪儿有的白头发呀？您从前可不是这样子，前不久，您给L医生做住院医生的时候……我记得做大手术时总是您做他的助手。他可是个喜欢切呀、割呀、削呀的人！是您给他递器械、线和棉纱的。当手术结束的时候，他看看表，骄傲地说：'五分钟，先生们！'——噢！我嘛，我哪儿都去。我认识这些先生。"

过了一会儿，她就用"你"来称呼我了，又重弹老调，对我说："你是医生，是不，我的猫？"

这不可理喻的老调使我蹦起来，我气愤地吼道："不！"

"那么是外科医生了？"

"不！不！除非要把你的脑袋切下来！真见鬼！"

"等等，你来看。"她又说。

她从柜橱抽出一束纸来，原来是当年那些著名医生的

1 Mathurin Régnier（1573–1613），法国诗人。

肖像，由莫兰[1]制成石板画，有好几年可以在伏尔泰滨河路上看得到。

“看！这一位你还认得出来吗？”

“是的，这是X。再说底下有名字。我本人认得他。”

“我知道！瞧！这是Z，他在课堂上讲到X时说：‘这怪物在他的脸上带着他漆黑的灵魂。’这一切都是因为他们在同一件事情中意见不一致！当时人们在医学系里可笑了一阵呢！你记得吗？——瞧，这是K，是他向政府揭发了他在医院里护理的暴动者。那是个动乱的年代。一个如此漂亮的人怎么如此没有心肝呢？——现在是W了，一个著名的英国医生；我是他到巴黎来旅行时碰上他的。他像一位小姐，不是吗？”

我的手正碰到放在圆桌上的用绳子捆着的包上，她说：“等一下，这是住院医生的，这一包，是见习医生的。”

说着，她把一大堆照片扇形地摊开，上边是些年轻得多的人。

“当我们再见面时，你会把你的照片给我，是吧，亲爱的？”

“但是，”我的想法已定，就问她，“为什么你认为我是医生？”

1 Antoine Maurin（1793−1860），法国画家。

“因为你对女人那么亲切、那么善良。”

“奇怪的逻辑！”我自语道。

“噢！我不大会错的；我认识好多医生。我真喜欢那些先生们，尽管我没有病，我有时候也去看看他们，只是为了见他们一面。有的对我冷冷地说：‘您一点儿病也没有！’可有的也明白我的意思，因为我向他们递眼神。”

“要是他们不明白你的意思呢……？”

“天哪！因为我无缘无故地打搅了他们，我就在壁炉上放十法郎。——这些人真好，真温和呀！——我在慈善医院发现了一位小个子住院医生，漂亮得像个天使，可懂礼貌啦！他工作很卖力气，可怜的孩子！他的同事跟我说他没有钱，他的父母是穷人，一点儿也不能接济他。这给了我信心。再说，我还算漂亮，尽管不太年轻。我就对他说：‘来看我吧，常来吧。跟我你不必客气；我不需要钱。’你知道，我让他明白这些话是通过好多方式的；我没有跟他直接说；我怕羞辱了他，这个可爱的孩子！——那么，你是不是认为我有一种奇怪的欲望不敢跟他说？——我愿意他背着药箱穿着大褂来看我，甚至大褂上带点儿血。”

她说这些话时表情很天真，就像一个敏感的男人对他喜爱的女演员说：“我希望看着您穿着您演的著名角色的服装。”

我很固执，又问她："你还能记得你这种如此奇特的激情是什么时候、在什么情况下产生的吗？"

我很难让她明白我的话；但是我终于让她明白了。她神情悲哀，就我记忆所及，她转过眼睛，答道："我不知道……我记不得了。"

当一个人会散步会观察时，在一个大城市里什么古怪的事情没有呢？生活充满了无辜的怪物。——上帝啊！您是创造者，您是主人；您创立了法则和自由；您是给人自由的君主，您是原宥世人的法官；您浑身都是动机和原因，您也许像一刀治好病一样地改变我的心灵，在我的思想中注入了对丑恶的癖好；主啊，发发慈悲吧，可怜可怜这些疯男人和疯女人吧！啊！创世主啊！在您眼里还能有什么怪物吗？只有您知道他们为何存在，他们如何生成，他们如何才能不生成。

世界之外的任何地方

人生是一座医院，每个病人都渴望着调换床位。这一位愿意面对着炉火呻吟，那一位认为在窗边会治好他的病。

我觉得我总是在我不在的地方才好，这个搬家的问题，我不断地和我的心灵讨论着。“告诉我，我的心灵，已经冷了的可怜的心灵，去里斯本居住怎么样？那儿天气一定很热，你会像蜥蜴一样恢复活力。这座城市在水边；人们说它是用大理石建造的，居民恨植物，拔掉了所有的树。这风景正合你的口味；一处用光和矿物造成的风景，而且还有液体来反射！”

我的心灵不回答。

“既然你那么喜欢休息，喜欢观看运动，你愿意住在荷兰吗，这片有福的土地？你曾常常在博物馆里欣赏这个国家的风景画，也许你在那儿可以愉快吧？鹿特丹怎么样？你喜欢如林的桅杆和房前的船舶。”

我的心灵依然默不作声。

“巴达维亚[1]也许更合你的心意？再说我们在那儿还可以发现与热带的美相结合的欧洲精神。”

一言不发。——我的心灵死了吗？

“难道你已经麻木到这种程度，只想在自己的痛苦中取乐吗？如果是这样，那我们就逃往与死亡相类的地方吧。我来负责这次旅行，可怜的心灵！准备去多尔纽[2]的行李吧。要不就再远点儿，到波罗的海的最远的地方去；可能的话，再离生活远一点儿：到极地去住吧。那儿阳光只是斜扫过大地，白天黑夜的缓慢的交替取消了变化，增加了单调，这虚无的一半。在那儿，我们可以长时间地沐浴在黑暗之中，为了解闷，极地的晨曦还会给我们送来玫瑰色的花束，仿佛地狱里的焰火的反射！”

终于，我的心灵爆发了，它冷静地对我叫道：“无论什么地方！无论什么地方！只要不在这个世界上！”

1 Batavia，印度尼西亚首都雅加达的古称。

2 Tornéo，欧洲最北部的一个地区，位于北极圈内。

把穷人打昏吧！

一连两个礼拜，我把自己关在房子里，周围摆满了当时（十六或十七年前）流行的书籍，我的意思是，怎样使人民一下子幸福、智慧、富裕起来的书。我于是消化——我想说，吞下了——所有这些献身于公众幸福的人的所有这些胡言乱语，他们有的劝说穷人要当奴隶，有的则让他们相信他们都是被废黜的王。——毫不奇怪，我陷入一种近乎昏眩或愚蠢的境地。

在自己的精神深处，我只感觉到有一种思想在模模糊糊地萌生，它高于我最近在词典上看到的一切老太婆的各种说法。不过这只是一种思想的思想，是某种非常模糊的东西。

我口渴得厉害，就出门了。因为酷爱读坏书，会成比例地产生对于新鲜空气和清凉饮料的需要。

我走进一家酒馆，一个乞丐把帽子伸了过来，那目光无法忘怀，如果精神真能搅动物质，如果动物磁气疗法的施行者的眼神能使葡萄成熟的话，那么这目光能使王冠落地。

这时，我听见耳边有一个声音在低语，我立刻就认出来了：这是一个善天使或善精灵的声音，它到处陪伴着我。既然苏格拉底有他的善精灵，为什么我不能有我的善天使呢？为什么我不能像苏格拉底一样有幸获得由精细的雷吕和聪明的巴亚杰[1]签名的疯狂的文凭呢？

但是，在苏格拉底的精灵和我的天使中间还有一个区别，前者只有在禁止、警告、阻止的时候才出现在他面前，而我的却愿意进行规劝、启发和说服。可怜的苏格拉底只有禁止的精灵，而我呢，则有一个肯定的精灵，它是一个行动的精灵，战斗的精灵。

这时，它和我小声说："唯独能证实和别人平等的人才能和别人平等，唯独善于争得自由的人才配享有自由。"

立刻，我冲向乞丐。一拳打在他的眼睛上，那眼睛马上肿得像皮球一样大。我在敲碎他的两颗牙时把一个指甲弄断了，由于我生来瘦弱，又没有好好练习拳击，我觉得不够强壮，为了迅速将这个老头打昏，我用一只手揪住他

1　这两位都是当时著名的精神病医生。

的领子，另一只手去掐他的脖子，开始拼命往墙上撞他的脑袋。我应当承认，我事先也看了一眼四周的情况，确信在这个偏僻的郊外，在相当长的时间内不会有警察。

接着，我在他背上踢了一脚，其力量足以折断他的肩胛骨，把这个衰弱的六十岁的老头放倒在地，又从地上捡起一根粗树枝，狠命地抽打他，像厨师剁烂牛排一样。

突然，——啊，真是奇迹！真是证实其哲学的正确性的哲学家的一大享受！——我看见这把老骨头翻过身来，站了起来，那种力量我在这个坏得出奇的肌体中是绝不会想到的，那股恨的目光我也觉得是好兆，这个衰老的强盗扑向我，打肿了我的眼睛，敲掉了我四颗牙齿，又用同一根树枝痛打起我来。——我用我有力的治疗，使他恢复了自豪和生命。

这时，我向他做了许多手势，让他明白我认为争论已经结束，并站了起来，心中充满画廊派[1]诡辩家的满足，我对他说："先生，您和我平等了！很荣幸您能和我共享这个钱袋；但请记住，如果您真正是个慈善家的话，当您的同行向您乞求施舍的时候，别忘了应用我痛苦地在您的背上试验过的理论。"

他向我发誓他懂了我的理论，他将听从我的劝告。

1　即斯多葛派。

好狗

给约瑟夫·史蒂文斯[1]

即便在当代的青年作家面前，我也从未因赞赏布封而感到脸红；但是今天，我并非要唤来这位壮丽的大自然的描绘者的灵魂帮忙。不是。

我更愿意的，是求助于斯特恩[2]，我对他说："从天上下来吧，或者从乐土福地朝我飞来吧，启发我为这些好狗、可怜的狗唱一支配得上你的歌吧，你这多愁善感、无与伦比的爱开玩笑的人！骑着留在后人的记忆中，永远陪伴你的著名的驴子回来吧；尤其是不要忘了让驴子在它的嘴唇上细心地挂着它那不朽的杏仁饼！"

滚开吧，学院派的缪斯！我不要这一本正经的老太

1 Joseph Stevens（1810-1892），比利时动物画家。

2 Laurence Sterne（1713-1768），英国作家。

婆。我祈求家庭的缪斯，城市的缪斯，生动的缪斯，让我歌颂好狗、可怜的狗、浑身泥巴的狗、人人都以为得了瘟疫的或长了虱子而避之唯恐不及的狗，只有穷人才和它们结伴，只有诗人才以友好的目光看着它们。

呸！自炫其美的狗，自命不凡的四脚兽，丹麦狗，查理王狗，哈巴狗或西班牙长毛小猎狗，它们是那样的自鸣得意，随便地蹿上客人的两腿之间或膝头之上，仿佛肯定会讨人喜欢，像孩子一样淘气，像轻佻的女人一样愚蠢，有时候则像仆人一样脾气暴躁、桀骜不驯！去你的吧，尤其是四条腿的蛇，哆哆嗦嗦，无所事事，人称猎兔狗，它们的尖鼻子甚至没有足够的嗅觉跟踪一个朋友，它们扁平的脑袋也没有足够的智力玩多米诺骨牌。

滚回窝里去吧，所有这些烦人的寄生虫！

让它们回到铺着软垫的、丝一般的窝里去吧！我赞美浑身泥巴的狗，穷困的狗，无家可归的狗，到处闲逛的狗，以卖艺为生的狗，其本能如穷人、流浪者、跑江湖者的，得到了需要——善良的母亲，智慧的真正主宰——不可思议的激励的狗。

我还歌颂遭难的狗，或是在大城市的弯曲的街道上闲荡的狗，或是眨着聪明的眼睛有话对遭逢遗弃的人说的狗："把我带上吧，我们的两个不幸可能会成为一种幸福呢！"

“狗去哪儿?”过去奈斯托・罗克普朗[1]在一篇不朽的专栏文章中说过这句话。他大概已经忘了，可只有我，也许还有圣伯夫，直到今天还记得。

狗去哪儿?你们问，不留意的人?它们会做自己的事。

事务的约会，爱情的约会。穿过雾，穿过雪，穿过泥巴，在灼人的炎热下，在如注的大雨下，他们来，他们去，他们跑，他们钻到车底下，被跳蚤、激情、需要或责任驱赶着。像我们一样，他们早早起来，去寻觅生路或追逐欢乐。

有几条狗，它们在郊区的废墟中睡觉，每天都在同一个时间来到王宫的厨房门口索要它们的赏赐；还有一些狗，成群结队地跑到五法里之外的地方，去分食几个六十岁的老处女的仁慈为它们准备的食物，这些老处女的心无人问津，愚蠢的男人再也不理睬。

还有的像棕黑种人，爱得神魂颠倒，一连好几天离开它们的领地来到城里，围着一条漂亮的母狗蹦跳一个钟头，那母狗不大注意打扮，但很骄傲，也很知感谢。

它们都很准时，尽管没有手册，没有笔记，也没有公文包。

1 Nestor Roqueplan（1804–1869），法国文学批评家。

您认识懒惰的比利时吗？您像我一样欣赏那些强壮的狗吗，它们被套在屠户、奶贩或面包师的送货车上，它们得意地吠叫着，表示着它们与马匹竞争时所感到的快乐与骄傲。

这里有两条狗属于更文明的级别！请允许我在卖艺人不在的时候，带您到他的房子里看看。一张油漆木床，没有帐子，拖在地上的被子满是臭虫的痕迹，两把草椅，一只生铁炉子，一两件坏了的乐器。啊！令人伤心的家具！但是，请看看这两位聪明的人物，穿着破烂而又豪华的衣服，戴着行吟诗人或军人的帽子，像巫师一样细心地照看着炉子上微火炖着的无名作品，而在这作品中插着一把长长的勺子，就像一根标志着砌筑业已完成的旗杆。

如此热心的演员不用一顿有劲瓷实的晚餐填饱肚子不上路，难道不是很公正的吗？这些可怜鬼们整天遭遇着公众的冷漠和占大份儿、一个人吃四个演员的饭的经理的不公，它们的一点点肉欲不是可以原谅的吗？

多少次我都怀着恻隐之心，温柔地凝视着这两位四条腿的哲学家，顺从或忠实的殷勤奴隶。如果过于关心人的幸福的共和国有时间过问一下狗的荣誉的话，那么共和国的词典应该称它们为“公仆”。

又有多少次，我想过也许在某处（谁知道呢？）有一个专供好狗、穷狗、浑身泥巴和愁苦的狗居住的特别天堂，以奖赏它们如此的勇气、如此的耐心和劳作。斯威登堡明确断言，有一个专供土耳其人，还有一个专供荷兰人居住的天堂。

维吉尔和忒奥克里托斯[1]诗中的牧人盼望得到一块美味的奶酪、一支能工巧匠制造的笛子或一只乳房鼓胀的山羊，作为他们互相对唱的奖品。

歌颂穷狗的诗人，作为奖赏得到了一件漂亮的坎肩，颜色富丽又暗淡，让人想到秋天的太阳、成熟女人的美和返老还童的时光。

到过赫尔莫萨别墅街的小酒馆的人，都不会忘记画家为了诗人而脱掉坎肩是多么急切，他是多么明白，歌颂穷狗是应该的、合适的。

正像一个美好时代的慷慨的意大利暴君，为了一首宝贵的十四行诗或一首奇特的讽刺短诗，就赐予神圣的阿雷蒂诺[2]一把镶宝石的短剑，或是一件朝服。

而每当诗人穿上画家的坎肩时，就不能不想起那些好狗，明智的狗，想起返老还童的时光和很成熟的女人的美。

---

1 Theokritos（约前 315－前 250），古希腊诗人。

2 Pietro Aretino（1492－1556），意大利作家。

跋诗 *

心中满怀喜悦我登上了山冈，
从那里可以静观城市的广大，
医院，妓院，炼狱，地狱和苦役场，

那里所有的罪恶都盛开如花。
你知道，撒旦啊，我苦难的主宰，
我决不去那儿把我的泪空洒；

就像老色鬼难把老情人抛开，
我只想沉醉于这硕大的娼妓，
她致命的魅力使我永不年迈。

* 本诗首次发表于1869年《小散文诗》篇末。

不论你早晨还酣睡在被窝里，
昏然，黑甜，伤风，还是神情高傲，
在撒满了精金的夜幕中漫步，

我都是爱你的，哦，污秽的都市！
强盗和妓女啊，你们常常带来欢乐，
世俗的庸众们根本不能知晓。

私人日记

焰火

一

即使上帝不存在，宗教也是神圣的和神奇的。

上帝是这种唯一的存在，为了统治，甚至不需要存在。

精神所创造的要比物质更生动。

爱情，就是对于献身的兴趣，甚至没有什么高贵的乐趣不能归结为献身。

在一次演出中，在一次舞会上，每一个人都从大家获得快乐。

什么是艺术？献身。

乐于投身人群是数的扩大所给予的享受的一种表现。

整体是数。数在整体中。数在个人中。沉醉是一个数。

在成熟的人那里，对于有所产出的集中的兴趣应该取代消耗的兴趣。

爱情可以产生于一种慷慨的感情：对于献身的兴趣；但是它很快就被对于占有的兴趣腐蚀了。

爱情愿意走出自我，和它的牺牲品融为一体，如同战胜者和战败者，但是保留着征服者的特权。

养情妇者的快感同时近乎天使和所有者。仁慈和残忍。它甚至独立于性、美和动物。

美好的季节的潮湿的夜晚，绿色的黑暗。

粗俗的短语里有深刻扩大的思想，几代蚂蚁掘成的洞。

猎人的故事，与残忍和爱情的亲密联系有关。

二

论教会的女人特征，这是它无所不能的原因。

论紫色（包括爱情，神秘的、掩盖的爱情，香味小圆饼的颜色）。

教士法力无边，因为他使人相信一大堆令人吃惊的事情。

宗教想什么都干，什么都是，这是人类精神的一条法则。

人民崇拜权威。

教士是想象力的奴仆和信徒。

王位和祭台，革命的准则。

爱·奈[1]或迷人的女冒险家。

大城市的宗教沉醉。——泛神论。我是所有的人，所有的人是我。

旋风。

三

我想我在笔记中已经写过，爱情很像一种酷刑或者一种外科手术。不过这一思想可以以一种最苦涩的方式加以发展。尽管两位情人相爱很深，彼此充满欲望，但是总有一方比较平静，或者不那么平静。他或她，是施手术者，是屠夫；另一方则是病人，是牺牲品。您听到叹息了吗？那可耻的悲剧的前奏？您听到呻吟、喊叫、喘息了吗？谁没有发出过这些声音呢？您在细心的施刑者所提出的问题中发现过更坏的东西吗？梦游者翻白的眼睛，肌肉像在白发电池的作用下暴突和僵硬的四肢，在其效力最高时的醉

1 指萨巴蒂埃夫人的一位女友。

意、疯狂、鸦片，不是肯定给了您同样的可怕同样好奇的例证吗？人脸，奥维德说是为了反照宇宙而塑造的，只表现出疯狂的残暴，或者在死亡中松弛。因为肯定，把心醉神迷这个词用于这种解体时，我认为是一种亵渎行为。

这是一种可怕的游戏，其中游戏的一方要丧失对自己的控制！

一次有人在我面前问爱情的最大快乐是什么。有一个人自然答道：接受，而另一个人说：给予！前者说：骄傲的快感！后者说：屈辱的快感！这些下流的人都像在模仿基督耶稣说话。最后，有一个无耻的空想家宣称，爱情的最大快乐是为祖国造就公民。

我则说：爱情的唯一的、至上的快感存在于带来痛苦的确信之中。男人和女人生来就知道，所有的快感都在痛苦之中。

四

当一个人躺在床上，几乎他所有的朋友都暗暗地希望看着他死；一些人为了证实他的身体不如他们的好；另一些人则怀着一种研究弥留之际的无私的愿望。

装饰图案是最具精神性的图案。

五

文人做生意，提供的是对智力体操的喜好。

装饰图案是一切图案中最理想的。

女人越陌生，我们越爱。爱聪明的女人，是一种鸡奸者的乐趣。因此兽奸不包括鸡奸。

诙谐的精神不排斥仁慈，但这是少见的。

把热情用于抽象以外的事情，是一种软弱和病态的标志。

瘦比胖更裸露，更下流。

六

悲惨的天。一种用于物质存在的抽象性修饰语。

人是和空气一起饮用光明的。因此人民有理由说，夜晚的空气对于工作是有害的。

人民是火的天生的欣赏者。

焰火，火灾，纵火者。

如果人们设想出一个天生的火的欣赏者，一个天生的帕里斯，就可以写一篇长篇小说。

对于脸的误会是产生幻觉的真实形象消失了的结果。

认识艰苦生活的乐趣吧；祈祷吧，不断地祈祷吧。祷告是力量的积累。（意志的祭台。道德的活力。圣事的巫术性。灵魂的卫生。）

音乐戳破了天空。

让-雅克说他一进咖啡馆就激动。对于胆怯的天性来说，一个剧院的查票员有点像地狱的法官。

生活只有一个真正的迷人之处：就是游戏的魅力。但是赢或输我们无所谓？

七

不管是什么民族，都有伟人，像家庭一样。它们尽力不使伟人出现。因此伟人为了存在，就需要一种大于千百万人形成的抵抗力的进攻力。

说到睡眠，这每夜的阴险的冒险，可以说每一天人们都是勇敢地入睡的，如果我们不知道这勇敢乃是对危险的无知的结果，那就不可理解了。

有一些角质的皮，带着它们蔑视就不是报复了。

很多的朋友，很多的手套。没有爱的人是被蔑视的人，我甚至可以说是可以蔑视的，如果我一定要讨好正经人。

吉拉尔丹[1]说拉丁文！ Pecudesque Locutœ[2]。

得由一个不信神的协会派罗丹尔－乌丹[3]到阿拉伯人那里去，劝他们离开奇迹。

八

这些美丽的、巨大的船舶，在平静的水面上难以觉察的摇摆（左右摇摆），这些神情懒散、怀旧的结实的船，不是以一种无声的语言对我们说：我们何时出发去寻找幸福?

不要在戏剧中忘记神奇的一面、巫术和浪漫。

环境，氛围，整个叙述都应沉浸其中。（请看《厄舍》[4]，参见印度大麻和鸦片的深刻感觉。）

有数学的疯狂和认为二加二等于三的疯子吗？换句话

1 Emile de Girardin（1806−1881），法国政治家。

2 拉丁文，说话的牲口。

3 Jean Eugène Robert-Houdin（1805−1871），法国魔术师。

4 指爱伦·坡的小说《厄舍古厦的倒塌》。

说，幻觉能够用纯粹的推理侵入事物吗，如果这些词不喊叫的话？如果一个人习惯于懒惰、梦幻和闲荡，不断地把重要的事情推到明天，另一个人用鞭子猛抽以唤醒他，并且无情地抽他，以至于他不是出于快乐而是出于害怕而工作，那么这个人，鞭打者，不真正是他的朋友、是他的恩人吗？再说，人们可以肯定快乐随后就来，远比人们说爱情来于婚姻之后，更有道理。

政治上也是一样，真正的圣人是那个为了人民的利益而鞭打和杀戮人民的人。

1856 年 5 月 13 日星期二

没有轻度变形的东西具有无动于衷的神气；因此不规则，就是说意外、诧异、惊奇是美的基本部分和特性。

九

泰奥多尔·德·邦维尔[1]并非完全是物质主义；他是发光的。

他的诗表现了幸福的时刻。

对每一封债主的信，您就地球以外的主题写上五十行，您就获救了。

---

1 Théodore de Banville（1823–1891），法国诗人。

在一个巨人的脸上，一种灿烂的微笑。

在其与统计学、医学和哲学的关系上论自杀和自杀狂。

翻译和复述：激情把一切都据为己有。

由风暴、电和雷引起的精神和肉体的享受，爱情和黑暗的回忆的警钟，古老的岁月的警钟。

一〇

我发现了美的定义，我的美的定义。这是某种热烈、忧郁的东西，某种有些朦胧、尽情猜测的东西。如果人们愿意，我将把我的思想用于一件可感的东西上，例如社会中最令人感兴趣的东西，一张女人的脸。一颗迷人而美丽的头，我想说一颗女人的头，这是一颗同时——以一种模糊的方式——引起快感和忧愁的头；它包含着忧郁、厌倦，甚至满足的概念，或是一种相反的概念，就是说一种热情，一种生的欲望，掺杂着倒流的苦涩，好像来自匮乏和失望。神秘、遗憾也同样是美的特征。

一颗男人的美丽的头不需要包含，当然是在男人看来，也许在女人看来除外，这种快感的概念，它在女人的脸上是一种吸引人的刺激，而脸一般来说更为忧郁。但是这颗头同样包含着热烈和忧愁的概念，一种精神上的需要，暗中被压抑的野心，——大嚷大叫但没有用的能力。——有时是一种复仇的冷漠的概念（因为浪荡子的理想典型是不应忽视的），——有时——这是美的最有趣的特性之一，——神秘，最后是（为了我有勇气承认，在多大的程度上，我在美学上感觉到是个现代派）不幸。——我并不认为快乐不能与美相联，但我要说快乐是美德最庸俗的装饰物；——而忧郁可以说是美德光辉的伴侣，以至于我几乎不能想象一种美是可以没有不幸的。根据——另一些人说：纠缠于这些思想，人们可以想象，我很难不得出结论，男性美的最完美的典型是撒旦，——弥尔顿就是这样说的。

一一

自我崇拜。

性格和能力的平衡。

增强所有的能力。

保持所有的能力。

一种崇拜（魔术，富有启发性的巫术）。

牺牲和愿望是至上的形式和交流的象征。

两种基本的文学品质：超自然主义和反讽。

个人的一瞥，首先是一种面貌，事物在其中立在作家面前，然后是一种魔鬼的气质。

超自然包含着一般的色彩和声音，即在时间和空间上的强度、音色、透明度、震动、深度和回声。

有些存在的时刻，时间和空间是更为深刻的，存在的感觉也无限地扩大了。

论应用于对于伟大的死者的呼唤、健康的恢复和改善的巫术。

灵魂总是招之即来，却不总是挥之即去。

论作为巫术的活动和富有启发性的巫术的语言和文字。

论女人的神情。

迷人的神情，并且造成美的是：

百无聊赖的神情

无神的神情

轻率的神情

厚颜无耻的神情

冷淡的神情

自审的神情

支配的神情

随心所欲的神情

凶恶的神情

病态的神情

柔媚的、幼稚的、既倒霉又狡猾的神情

在某些几乎是超自然的精神状态中，生命的深度在人们眼下的任何景象中整个儿地呈现出来。这景象于是变成了象征。

当我穿过大街，当我有些急于躲避车辆的时候，我的光环掉了，掉在路上的泥中。幸好我还有时间把它捡起来；但是随后有一个不幸的念头滑进我的脑际，即这是一个不祥的预兆；从此这个念头揪住我不放；它让我一天不得安宁。

论爱情中的自我崇拜，从健康、卫生、打扮、精神的高贵和雄辩的角度。

自我净化和反人类。

在爱情的行为中，有着和酷刑或外科手术的巨大相似之处。

在祈祷中有巫术的活动。祈祷是精神动力的巨大力量之一。在那里仿佛有电的循环。

念珠是一种中介，导体；这是人人可行的祷告。

劳动是进步的、积累的力量，指导的游戏，也将会失败，不管它由于劳动而多么富有成果，也不管它多么微不足道，只要它是连续不断的。

这本书不会使我的女人们、我的姑娘们、我的姐妹们感到愤慨。

他马上要求允许吻她的大腿，他利用这个机会吻那双美丽的腿，她的姿势在夕阳中清晰地画出了她的轮廓。

小母猫，小猫咪，小咪咪，我的猫，我的狼，我的小猴子，大猴子，大蛇，我的忧郁的小毛驴。

这种语言的任性，过于重复，经常的动物性称谓，证明了爱情的魔鬼的一面；魔鬼不是有着动物的外形吗？卡佐特的骆驼，——骆驼，魔鬼和女人。

一个人要用手枪射击，他的女人陪着他。他瞄准了一个玩偶，对他的女人说：我想象这是你。他闭上眼睛，打倒了玩偶。然后，他吻着他的伴侣的手说：亲爱的天使，我为我的灵巧而感谢你。

当我引起了全世界的反感和厌恶的时候，我就获得了孤独。

这本书不是为我的女人、我的姑娘、我的姐妹写的。——我很少有这些东西。

有些角质的皮，蔑视不再是一种快乐。

很多的朋友，很多的手套，——害怕得疥疮。

爱我的人是些被蔑视的人，我甚至说是些值得蔑视的人，如果我执意要奉承正经的话。

上帝是一桩丑闻，——是一桩带来收益的丑闻。

一二

不要蔑视任何人的敏感。每个人的敏感，就是他的天才。

只有两个地方需要付钱才能获得消费的权利，这就是公厕和女人。

从一种热烈的姘居，可以猜出一对年轻夫妇的享受。

对女人的早熟的兴趣。我混淆了毛皮衣服和女人气味。我想起……反正是我因其高雅而爱我的母亲。因此我是一个早熟的浪荡子。

我的先人无论是愚蠢还是疯癫，住的是庄重的房屋，却都成了激情的牺牲品。

新教国家缺少两个对有教养的人来说是不可少的东西，即风流和忠诚。

怪诞和悲剧的混合对精神是愉快的，正如不谐和音对百无聊赖的耳朵一样。

在恶劣趣味中有令人陶醉的东西，那是引人反感所具有的贵族乐趣。

德意志通过线条表达梦幻，正如英吉利通过远景来表达。

在任何高尚思想的产生中，有一种小脑中的神经质的震颤。

西班牙的宗教里放进了爱情的自然的残忍。

风格。

永恒的音符、永恒的、世界性的风格。夏多布里昂，阿·拉博[1]，埃德加·爱伦·坡。

一三

为什么民主派不喜欢猫，这很容易猜出。猫是美的。它揭示了奢华、干净、快感……的概念。

少许的工作，重复三百六十五次，给三百六十五次的钱，就是说一大笔钱。同时也就功成名就了。

1 Alph. Rabbe，当时的一位历史学家。

同样，一大堆小小的享受组成了幸福。

创造一种陈词滥调，这就是天才。

我应该创造一种陈词滥调。

奇思是杰作。

我的母亲是古怪的；应该怕她，取悦她。

一四

投向撒旦，是什么意思？

还有什么比进步更荒诞的，既然每日的事实已经证明，人总是相似于和相等于人，这就是说处于野蛮的状态？在文明的撞击和冲突旁边，森林和草地的危险算得了什么？人在巴黎林荫大道上缠住上当者，还是在无名森林里刺穿猎物，他不是那个永恒的人吗，就是说最完美的猛兽吗？

“人说我三十岁，可我一分钟当三分钟过……我不是就是九十岁了吗？”

……工作，不是保存灵魂木乃伊的盐吗？

一部小说的开头，从随便什么地方开始一个主题，要想结束而用很漂亮的句子开始。

一五

我认为存在于凝视一艘船、特别是一艘航行中的船的无限而神秘的魅力，于前者在于其规则和对称，这是人类精神的首要需求之一，与复杂和和谐同等重要，于后者则在于对象的真实部分在空间引起的所有曲线和想象的形象的不断扩大和生发。线条运动所引起的诗思，假定有一种广阔的、巨大的、复杂的然而协调的存在，假定有一种充满着天才、痛苦、吟咏着一切叹息和人类一切野心的动物。

文明的人总是愚蠢地说明着野人和蛮人，如多尔维利所言，很快你们将不值得他们崇拜了。

斯多葛主义，只有一种圣物的宗教，那就是自杀。

构思一个情节，为了抒情的或美妙的诙谐，并以一部严肃的小说加以表达。把一切都淹没在一种反常的、梦一般的气氛中，——在伟大的日子的气氛中。——哪怕是某种骗人的东西，甚至是激情中的平和的东西。——纯诗的领域。

因为接触到与回忆相像的快感而激动，因想到一个速度的，充满了如此多的错误、争吵、需要相互隐瞒的东西的过去而动情，他哭了起来；他的热泪在黑暗中流到了亲爱的、永远吸引人的情妇的裸露的肩头。他抖动了；她也动心了，震颤了。黑夜保护着她的虚荣和冷淡女人的浪荡。这两个堕落的但还保留着仅存的贵族作风的人自发地拥抱在一起，把过去的悲伤和很不牢靠的对未来的希望都融进了泪和吻的雨中。可以推测的是，对他们来说再没有比这忧郁和仁慈的夜里的快感更温柔的了；——一种去除了痛苦和悔恨的快感。

透过黑暗的夜，他朝后望着深邃的年代，然后投入有罪的女伴的怀中，为的是找回他曾给予她的谅解。

——雨果常常想到普罗米修斯。他为自己设想出一只想象的兀鹰，抓住胸脯上，其实那胸脯只不过是被虚荣的艾绒刺得阵痛而已。然后幻觉复杂了、变化了，但是遵循着医生所描述的渐进的过程，他以为通过福音的决心，圣赫勒拿岛就取代了泽西岛[1]。

这个人不那么悲哀，不那么飘逸，甚至令一个公正人感到厌恶。

1 意谓雨果自比拿破仑。

神圣的雨果总是低着头，他的头太低了，除了他的肚脐什么也看不见。

今天什么不是神圣的东西？据青春说，青春本身就是神圣的。

什么不是祈祷？据民主派说，当他们拉屎时，拉屎就是祷告。

德·朋马尔丹[1]先生，一个总是带着从家乡来的神气的人。

人，也就是说每一个人，自然地堕落到这种程度，普遍的屈辱比一种合理的等级的建立倒让他少受痛苦。

世界要完了。他能够继续下去的唯一理由是它还存在。比诸所有那些预示着相反情况的理由来说，这种理由是软弱的，特别是这一条：世界从此将在天底下做什么？因为假定它在物质上继续存在，那么这是一个与这名词相配、与历史词典相配的存在吗？我不说世界将归结为权宜之计和拉美共和国的可笑的混乱，我也不说我们会回到野

1 Armand de Pontmartin（1811–1890），法国文学批评家。

蛮状态，我们将穿越我们的文明的长满野草的废墟，手里拿着枪去寻找牧场。不，因为这种命运和这些冒险仍然假设着作为初年的回声的某种活力。无情的道德法则的新例证和新牺牲品，我们将在我们以为活着的地方死去。机械将使我们美国化，进步将窒息我们的精神的部分，在乌托邦的流血的、渎圣的或反自然的梦幻中将没有任何东西与这些可触可摸的成果相比。我要求任何思想着的人向我指出生活还存在的东西。在宗教方面，我认为没有必要再谈和再找残余的部分了，既然还去费力否定上帝已在这方面成为唯一的笑柄。所有权可能随着长子继承权的消失而不复存在；但是那个时代会来的，人类将像一个复仇的妖魔从那些自认合法地继承了革命的人那里夺取最后的权利。这还不是最大的痛苦。

人类的想象力不用费太多的力气就能构想出共和国或其他共同体，如果他们是由圣者、由某些贵族领导的，还能赢得几分光荣。但是，并不特别由于政体普遍的毁灭或普遍的进步才表现出来的；因为名称关系不大。原因在于人心的堕落。我还有必要去说吗，政治仅存的一点东西正在普遍的兽性的束缚中艰难地挣扎，统治者为了坚持、为了制造秩序的幽灵正被迫采取令我们的本已如此强硬的人性颤抖的手段？那时候，儿子将由于贪婪的早熟而逃离家庭，不是在十八岁，而是在十二岁；他将逃离家庭，不是去寻求充满英雄气概的冒险，不是去解救被锁在塔里的美人，不是为了用高贵的思想使陋室生辉不朽，而是为了做买卖，不是为了发财，为了和他卑鄙的爸爸竞争，——一份报纸的创立者和股东，这份报纸传播知识，使人视当时的《世界报》为迷信的支撑。——那时候，那些流浪的女人，那些失去社会地位的女人，她们曾有过几位情夫，在她们像痛苦一样合乎逻辑的生活中，出于理智和对于如偶然的光明一样令人眼花缭乱的冒失的感谢，人们有时候称她们为天使，而这时她们将只成为无情的智慧，将谴责一切，除了钱，还有各种感觉的错误！于是，与德行相像，——我说什么呢，——一切不去向往普路托斯[1]的热情将成为巨大的笑料。司法，如果在这个赚钱的时代还有司法存在的话，将会禁止不会发财的人。你的配偶，啊，资产者！你的贞洁的一半，其合法性对于你成就了诗，从此它将在法制中引入无可指责的卑鄙，她是你的保险箱的警惕而多情的看守人，一个由情人供养的女人的完美的理想。你的女儿，虽年幼但已成年，在摇篮里就梦想着自己卖到一百万。而你啊资产者，比起你的今天更不是一个诗人，你将无话可说；你也将没有任何惋惜。因为在人身上有些东西是随着其他东西娇弱和缩小而得到强化和发达

1　Plutus，希腊神话中的财富之神。

的，由于这些年的进步，你的腹内只剩下脏器！这样的年代也许很快就会到来；谁知道它们是不是已经到来了，谁知道我们本性的厚重是否阻止我们评价我们生息环境中的唯一障碍。

至于我，我有时在我身上感觉到一个预言家的可笑，我知道我永远得不到一位医生恩惠。我迷失在这丑恶的世界里，被众人推搡着，像一个厌倦了的人，往后看，在辽远的岁月中，只见幻灭和苦涩，往前看，是一场毫无新鲜可言的暴风雨，既无教诲，亦无痛苦。晚上，这个人从命运中偷得几个钟头的快乐，摇晃着身子消化食物，尽可能地忘记过去，满足于现在，屈从于将来，昏昏然于自己的冷静和浪荡，自豪于不像过往的行人那么卑劣。这些意识于我还有什么用?

我认为我已滑进内行人所谓冷盆中了。但是我将留下这些篇章，因为我想把我的愤怒标明日期。

养生

一

越是想，就越是想得好。

越是工作，就越是工作得好，就越是想工作。越是生产得多，就越是变得多产。

每次放荡之后，人们总是感到更加孤独，更加被抛弃。

在精神上犹如在肉体上，我总是有一种深渊感，不仅是睡眠的深渊，而且是行动、梦幻、回忆、欲望、遗憾、悔恨、美、数等等的深渊。

我用享受和恐惧培养着我的歇斯底里。现在我总是感到眩晕，今天，1862 年 1 月 23 日，我有了一次奇怪的警告，我感到痴愚的翅膀扫过了我。

回到翁弗勒[1]！尽可能地早，在堕落得更低的时候之前。

上帝已给我多少预感和信号啊，是行动的时候了，是把现在的时间看作是最重要的时间的时候了，是把我的日常的折磨，就是工作，造就我永远的快感的时候了！

二

我们每一分钟都被时间的概念和感觉压垮。只有两种办法逃避这种噩梦——为了忘掉它：享乐和工作。享乐消耗我们，而工作使我们强健。选择吧。

我们越是使用其中的一种方法，另一种方法就越是引起我们的反感。

人们只能在使用时间的时候忘记时间。

一切都是渐渐做成的。

---

1 Honfleur，波德莱尔的母亲居住之地。

德·迈斯特[1]和埃德加·爱伦·坡教会了我推理。

人们不敢开始的著作才是长的著作。它变成了噩梦。

把需要做的事情推后，就有危险永远不做。不立刻皈依，就有下地狱的危险。

为了医治一切，医治困苦、疾病和忧郁，缺少的绝对是对工作的兴趣。

三

每天都做责任和谨慎要你做的事情。

如果你每天都工作，生活将更可以忍受。

不停地工作六天。

发现主题，认识你自己……（我的兴趣表。）

永远是一位诗人，哪怕用散文写作。伟大的风格（没有什么比老生常谈更美的了）。

---

1 Joseph de Maistre（1753–1821），法国政治家、作家。

首先要开始，然后运用逻辑和分析。不管什么假定都有它的结论。

发现每日的狂热。

四

两个部分：

债务（昂塞尔[1]）。

朋友（我的母亲，朋友，我）。

因此一千法郎应分作两份，每一份五百法郎，第二部分分为三份。

在翁弗勒。

把我所有的信件检查一下并分类（两天）。

检查我所有的债务（两天）。（四类：单据，大债，小债，朋友。）

把版画进行分类（两天）。

把笔记进行分类（两天）。

五

也许太晚了！——我的母亲和让娜[2]。——我的健康，

1 管理波德莱尔钱财的公证人。

2 即让娜·杜瓦尔，波德莱尔的情人。

出于慈悲，出于责任！——让娜的疾病。母亲的虚弱、孤独。

每日尽责，为了明天而信上帝。

挣钱的唯一方式是无私地工作。

简要的智慧。衣着，祷告，工作。

没有慈悲之心，我只不过是一对响亮的钹而已。

我的屈辱曾是上帝的恩惠。

我的利己主义的阶段过去了吗？

应对时时刻刻的必须的能力，一句话，准确理应万无一失地找到回报。

“持续的不幸在精神上产生了年迈对于身体的效果；人不能动了；人睡下了……

“从另一方面看，人从极端的年轻之中获取了拖延的理由；当人们有很多时间可以消耗时，就会说服自己，可以等上许多年，再在事件面前起作用。”

——夏多布里昂

六

让娜三百，母亲二百，我三百，每个月八百。从早晨六点到中午工作，不吃饭。盲目地、没有目的地工作，像个疯子。我们看看会有什么结果。

我想我把命运拴在一种连续几个小时的工作上了。

一切都是可以补救的。还有时间。

谁知道新的快乐……?

光荣，偿还我的债务。让娜和母亲的财富。

我还没有尝到实现一个计划的快乐。固定观念的力量。希望的力量。

完成职责的习惯驱逐恐惧。应该想做梦，善于做梦。呼唤灵感。神奇的艺术。立即开始写作。我思考得太多。

立即的工作，哪怕是工作得不好，也比做梦强。

连续的小小的意志会有重大的成果。

所有意志的退却都是一部分实体的丢失。因此犹豫是多么的浪费！让人们判断一下为弥补损失所做的最后努力是多么巨大吧！

晚上做祷告的人是布下哨兵的长官。他可以睡觉了。

关于死亡和警告的梦。

迄今为止我只是一个人享用我的回忆。应该两个人享用。把心的享乐变成一种激情。

因为我理解荣耀的生活，所以我认为我可以实现它。啊，让-雅克！

劳动肯定产生好的风俗，朴素与仁慈，随之而来的健康，财富，不断而渐进的天才，还有慈悲之心。Age quod

agis[1]。

鱼，冷水浴，温水浴，地衣，偶尔的片剂；取消一切刺激物。

爱尔兰地衣……………125克。

白糖……………………250克。

在足够的冷水中浸泡十二至十五个小时，然后把水扔掉。

将地衣投入两升水中，在持续的文火上煮沸，直到水剩下一升；撇去沫子；加入二百五十克糖，令其变稠，直到变成糖浆。

使冷却。每日服三大勺，早、中、晚各一次。如果发作得过于频繁，加大剂量，无须害怕。

七

我发誓，从今以后要把如下的规则作为毕生永久的规则：

每天早晨向上帝，一切力量和一切公正的源泉，做祷

1 拉丁文，做你要做的事情。

告，作为中间人向我的父亲、玛丽埃特[1]、坡做祷告，求他们给我力量以完成我的责任，给予我的母亲长寿，以使她看到我的变化；全天工作，或者尽我所能地工作；为了完成我的计划而相信上帝，就是说相信公正；每天晚上做祷告，为了向上帝请求给予我的母亲和我以生命；把我挣的钱分作四个部分：一份供日常生活之用，一份给我的债权人，一份给我的朋友们，一份给我的母亲；服从最严格的节制的原则，首先是要取消一切刺激物，不管是什么。

（译文删去了第八、第九两节，此两节引述了美国作家爱默生的文字）

1　波德莱尔的奶娘。

敞开我的心扉

一

我的喷射与集中。一切在此。

论与怪癖的人的交往中的某种享乐。

（我可以随便什么地方、随便什么时间开始《敞开我的心扉》，根据日子和环境的灵感逐日地写下去，只要灵感是活跃的。）

随便什么人，只要他善于逗乐，都有权利谈谈自己。

我理解，当一个人感到有利用另一种理由的必要的时候，他就会放弃这一种理由。

轮流地做牺牲品和刽子手，可能是件愉快的事。

二

吉拉尔丹的愚蠢。

我们的习惯是抓牛先抓角。让我们从后边开始读这篇文章吧（1863年11月7日）。

因此，吉拉尔丹认为牛的角是长在屁股上。他混淆了角和尾巴。

三

女人是浪荡子的反面。

因此她很可怕。

女人饿了就想吃。渴了，她就想喝。

女人发情了，她就想坏个透。

美本该如此！

女人是自然的，也就是说可憎的。

因此她总是庸俗的，也就是说浪荡子的反面。

关于荣誉团。

要求勋章的人好像是说：我尽了我的责任还不给我勋章，我就不再尽力了。

如果一个人有功劳，给他勋章又有什么用？如果他没有，倒是可以给他勋章，因为这可以为他增光添彩。

同意受勋，就是承认国家或国王有权评判您，有权为您增光。

再说，如果不是骄傲，基督教的谦卑禁止勋章。

于上帝有利的算计。

凡存在的皆有目的。

因此，我的存在有目的。什么目的？我不知道。

因此不是我来指出这种目的。

因此这是某个比我有学问的人。

因此应该请这个人给我解释清楚。这是最明智的做法。

浪荡子应该不断地追求崇高；他应该在一面镜子面前生活和睡觉。

四

分析反宗教，例：神圣的卖淫。

何谓神圣的卖淫？

神经的刺激。

异教的神秘。

神秘主义，异教和基督教之间的联系。

异教和基督教相互证明。

革命和对于理性的崇拜证明了牺牲的观念。

迷信是一切真理的源泉。

在一切变化中都存在某种既可恶又可爱的东西，存在着某种很像不忠和迁移的东西。这足以解释法国革命。

五

我在 1848 年的沉醉。

这种沉醉是什么性质？

报复的兴趣。破坏的天然的乐趣。

文学的沉醉；常常是阅读的沉醉。

5 月 15 日。——总是对破坏的兴趣。如果自然的就是合法的，这种兴趣就是合法的。

六月的恐怖。人民的疯狂和资产者的疯狂。对罪行的天然的爱。

我对政变的愤怒。我挨了多少枪啊。又是一个波拿巴！多大的耻辱！

但是一切又归于和平。总统不是有祈求的权利吗？

皇帝拿破仑第三是什么。他值什么。找出对于他的本质和他的天意性的解释。

六

我总是觉得做一个有用的人是某种很丑恶的事。

1848 年之所以有趣，是因为每一个人都在其中建立起空中楼阁一样的乌托邦。

1848 年之所以迷人，是因为可笑已发展到极端。

罗伯斯庇尔之所以可敬，是因为他说了几句漂亮话。

革命用牺牲证实了迷信。

七

政治。

我没有信念，没有我同时代的人所理解的信念，因为我没有野心。

在我身上没有信念的基础。

在正经人身上有某种懦弱，或更确切地说有某种软弱。

只有强盗是深信不疑的，深信不疑什么？他们必须成功。所以，他们成功了。

为什么我要成功，既然我甚至没有试一试的愿望？

人们可以在罪恶上建立光荣的王国，在骗术上建立高尚的宗教。

但是，我有一些信念，在一种更高贵的意义上，它不能被我的同时代的人理解。

我从童年起就有一种孤独感。尽管有家，——尤其是在同学中，——感到一种永远孤独的命运。

但是，对生活和快乐有强烈的兴趣。

八

几乎我们的一生都用于愚蠢的好奇心。相反，有些事情理应在更高的程度上引起人们的好奇，而据其日常生活的情况看来，它一点儿也没有引起好奇。

我们死去的朋友在哪儿？

为什么我们在这儿？

我们是从某个地方来吗？

什么是自由？

它可以和天意的法则相配合吗？

灵魂的数是有限的还是无限的？

那可以居住的土地呢？

等等。

民族出现伟人是不得已的事情。所以伟人是战胜了民族的人。

可笑的现代宗教。

莫里哀。

贝朗瑞。

加里巴尔蒂。

九

相信进步是一种懒人的理论，是一种比利时[1]的理论。是个人以为要做他的事而相信他的邻居。

只有在个人身上而且通过个人本身才能有进步（真正的，就是说道德的）。

但是世界是由只能集体地、群体地思想的人组成的。因此这是比利时人的社会。

1 波德莱尔写过《可怜的比利时》，比利时遂成为他专门的用语。

也有只能集体娱乐的人。真正的英雄一个人娱乐。

浪荡子的永恒的优越。

什么是浪荡子？

一〇

我的关于戏剧的意见。在一出戏中，在我的童年，在现在，我一直发现有一种东西是更美的，那就是灯，一种发亮的、水晶的、复杂的、转动的和对称的东西。

但是我并不绝对地否认戏剧文学的价值。只是我要求演员穿很厚的鞋，戴上比人脸更有表现力的面具，通过喇叭筒说话；最后是女人由男人扮演。

反正我觉得灯始终是主要角色，无论从望远镜的大头还是小头看。

应该工作，如果不是由于兴趣，那就由于失望，因为衡量来衡量去，还是工作比享受更不让人感到无聊。

一一

在每一个人身上时时刻刻都存在着两种同时的要求，

一个是向着上帝，一个是向着撒旦。恳求上帝或精神性，是一种向上升的愿望；恳求撒旦或动物性，是一种下降的快乐。与女人的爱以及和狗、猫等动物谈话有关的，正是这后一种恳求。

从这两种爱派生的快乐与这两种爱的本性相适应。

人类的沉醉。

巨大的画面要描述：

在仁慈的意义上。

在放荡的意义上。

在文学的意义上，或在演员的意义上。

一二

这个问题（折磨）如同发现真理的艺术，是一种野蛮的愚蠢；这是把物质的手段应用到精神的目的上。

死刑是一种神秘思想的结果，今日完全不可理解。死刑不以解救社会为目的，起码在物质上是如此。它的目的是（精神上）解救社会和罪人。为了使牺牲完全，必须有受害者的同意和快乐。给一个死刑犯一点儿三氯甲烷，是一种大逆不道的行为，因为这剥夺了他作为受害者的尊严意识，并取消了他升入天堂的机会。

至于折磨，它生于渴望着快感的人的心灵的卑鄙部分。冷酷与快感，感觉相同，正如极热和极冷一样。

一三

我关于选举和选举权的想法。关于人权。

任何一种职务所具有的卑劣之处。

一个浪荡子什么也不做。

您能想象一个浪荡子向人民讲话吗？他只有嘲笑他们。

只有贵族的政府才是讲理的、稳固的。

建立在民主基础上的王朝或共和国同样是荒唐的、软弱的。

广告的巨大的恶心。

只有三种人是可敬的：

教士，战士，诗人。知识，杀戮和创造。

其他的人是可以改造的和可以使唤的，为马厩而生，就是说，生来为从事人们所说的职业。

一四

请注意，死刑的废除者该是多少对废除死刑有个人的打算。

这常常是执行断头刑的人。这可以这样来概括："我想能砍掉你的脑袋；但是你不要碰我的脑袋。"

灵魂的废除者（物质主义者）一定是地狱的废除者；其中肯定有个人的打算。

至少这是些害怕再生的人，——是些懒惰者。

梅特涅夫人尽管是亲王的妃子，还是忘记回答我关于她和瓦格纳所说的话。

19世纪的风气。

一五

我翻译埃德加·爱伦·坡的历史。

《恶之花》的历史，由误解而受到的屈辱，我的诉讼。

关于我和当代的名人的关系。

几个笨蛋的有趣的肖像：

克雷芒·德·李。

卡斯塔尼亚里[1]。

法官、官员、报刊主编等的肖像。

艺术家的总体的肖像。

论主编和先锋性。全体法国人对先锋性的巨大兴趣，还有专制。这是："如果我是国王！"

肖像和故事。

弗朗索瓦·比洛[2]，乌塞，有名的路依，德·卡洛纳；夏尔邦吉埃，根据八九年的不朽原则给予所有的人的平等修改他的作者的人；舍瓦里埃，帝国时代真正的主编。

一六

关于乔治·桑。

---

1 Jules-Antoine Castagnary（1830-1888），法国艺术批评家，主张道德的艺术。

2 本段人名皆为当时的报刊主编。

桑这个女人是论不朽的普吕多姆。她永远是一个道学家。

只是她曾经做过反道德的事。——所以她从来也不是一个艺术家。

她有着资产者喜欢的著名的流畅风格。

她愚蠢，她沉重，她饶舌；她在道德观念上有着跟看门人与由情人供养的女人一样的判断的深度和感情的细腻。

她关于她母亲说过的话。

她关于诗说过的话。

她对工人的爱。

某些人可以爱上这个茅坑，这真真是当代人堕落的一个证据。

看看《拉昆蒂尼小姐》的序言吧，她在里面声称真正的基督徒不相信地狱。桑赞同好人的上帝，她是看门人和骗子仆人的上帝。她有正当的理由希望取消地狱。

一七

魔鬼和乔治·桑。

不应相信魔鬼只诱惑有天才的人。它显然看不起笨蛋，但是它并不是不要他们的帮助。正相反，它对这些帮助寄予很大希望。

看看乔治·桑吧。她尤其是、而且比任何东西都是一个大笨蛋；她鬼气缠身。是魔鬼说服她相信她的好心和她的常识，以便她说服所有的大笨蛋相信他们的好心和他们的常识。

我每想到这个愚蠢的人就不能不气得发抖。如果我碰到她，我不能不向她头上扔圣水缸。

乔治·桑是一个不愿意离开舞台的老天真。

我最近读到一篇序言（《拉昆蒂尼小姐》序言），她在里面说一个真正的基督徒不相信地狱。

她有足够的理由取消地狱。

乔治·桑这个女人的宗教。她的拉昆蒂尼小姐的序言。桑相信地狱不存在是有她的个人打算的。

一八

我在法国感到厌倦，尤其是因为人人都像伏尔泰。

爱默生在他的《人类代表人物》中忘了伏尔泰。他本应该写一篇肖像，题为:《伏尔泰或反诗人》，他是闲逛的人的国王，是肤浅的人的君主，是反艺术家，是看门人的宣教士，是《世纪报》的编辑们的季戈涅爸爸[1]。

在《谢斯特尔菲尔德伯爵的耳朵》中，伏尔泰嘲笑在屎尿中存在了九个月的不朽的灵魂。伏尔泰像所有的懒惰者一样，痛恨神秘。

不能取消爱情，宗教就想至少能对它消消毒，于是就创造了婚姻。

一九

文学流氓的肖像。

卖弄学问的无耻的小酒馆博士。以普拉克西特列斯的方式为他画一幅肖像。

他的烟斗。

他的意见。

他的黑格尔主义。

他的吝啬。

他的艺术观念。

他的刻毒。

他的忌妒。

现代青年的一幅可笑的图画。

1 法国童话中一个多产的妈妈，文中因性别的关系而变成季戈涅爸爸。

二〇

神学。

什么是堕落？

如果一变成二，那么是上帝堕落了。

换句话说，创造不是上帝的堕落吗？

浪荡作风。

什么是高级的人？

不是专家。

是闲散的、通用教育的人。

富有并热爱工作。

为什么有才智的人爱妓女胜过爱上流社会的女人，尽管她们是一样的愚蠢？——要找出原因。

二一

有某些女人像荣誉团的绶带。人们不愿意要了，因为她们被某些男人弄脏了。

出于同样的理由，我不穿患疥疮的人的短裤。

爱情中让人讨厌的是，它是一种不能没有同谋的罪恶。

研究憎恶住所病。病的原因。病的逐渐加重。

由于普遍的自命不凡，所有阶级、所有的人、在两性中、在所有的年龄上的自命不凡所激起的愤怒。

人只有在他逃离城市的时候才爱人，他仍在寻找人群，也就是说，为了重新把城市变成乡村。

二二

杜朗多[1]关于日本人的演说。（我首先是个法国人。）日本人是猴子。这是达尔儒告诉我的。

马提厄的医生朋友关于不生孩子、摩西、灵魂不死的演说。

艺术是文明的因素（卡斯塔尼亚里）。

一个住在六层楼上、喝牛奶咖啡的智者和他的家庭的

1　杜朗多和达尔儒都是当时的漫画家。

面貌。

那卡尔[1]父子。

儿子那卡尔如何变成上诉法庭的推事。

二三

论爱情，论法国人对军事比喻的喜爱。这里的一切比喻都带着小胡子。

战斗的文学。

常备不懈。

高举战旗。

坚定地高举战旗。

投入混战。

一个老战士。

所有这些荣耀的措词都可用于学究和出入小酒馆的人。

1 巴尔扎克的医生，其子曾参与审判波德莱尔。

法国的比喻。

司法新闻的战士（贝尔丹[1]）。

战斗的新闻。

军事比喻的补充：

战斗的诗人。

先锋文学。

这种军事比喻的习惯表明了一种人，这种人不是战斗的，而是为纪律而生的，也就是说，为习俗而生的人，生来就是仆人的人，比利时人，他们只能集体地思想。

二四

爱好享乐使我们依恋现在。关心我们的获救使我们悬浮于将来。

依恋享乐的人，即依恋现在的人对我来说就像是一个在坡上滚动的人，他想抓住小树枝，却把它们拔起，带着它们一起堕落。

无论如何，为自己做一个伟人和圣人。

1　Bertin，法学家，主编杂志《法律》。

论人民对美的仇恨。

例证。让娜和穆勒太太。

二五

政治。

总之，在历史面前和法国人民面前，拿破仑第三的巨大荣誉将证明，随便什么人，只要他掌握了电报和国家印刷厂，就能够统治一个伟大的民族。

那些认为这样的事情可以没有人民的允许就能够完成，是愚蠢的，那些认为荣誉只能建立在德行上的人也是愚蠢的。

独裁者是人民的仆人，仅此而已，而且是讨厌的角色，荣誉则是一种思想与全民族的愚蠢相适应的结果。

爱情是什么?

走出自我的需要。

人是一个善于崇拜的动物。

崇拜，是自我牺牲和自我献身。

所以，一切爱情都是献身。

最善于献身的人是人的典范，是上帝，既然他是每一个人的最好的朋友，他是爱情的公共的、不竭的源泉。

悼词

不要在我母亲身上惩罚我，不要因我而惩罚我的母亲。我把我父亲和玛丽埃特的灵魂托付给您。给我力量吧，让我每天都立即完成我的责任，变成一个英雄和圣人。

二六

关于不可摧毁的、永恒的、普遍的和巧妙的人类残忍的一章。

论喜欢鲜血。

论沉醉于鲜血。

论人群的沉醉。

论受刑者的沉醉（达米安[1]）。

人之中只有诗人教士和士兵是伟大的。

歌唱的人，感恩的人，牺牲和自我牺牲的人。

1 Robert-François Damiens（1715–1757），法国人，1757 年 1 月 15 日行刺路易十五，受到可怕的刑罚。

其余的只配挨鞭子。

不要相信人民、常识、心灵、灵感和明显的事情。

二七

人们让女人进教堂，我总感到惊奇。她们能和上帝谈什么呢？

永恒的维纳斯（任性，歇斯底里，幻想）是魔鬼的一种诱惑人的形式。

年轻的作家修改他的第一份校样的那一天，就像第一次得梅毒的小学生一样自豪。

关于用水、纸牌和手的细查进行的占卜的艺术，不要忘记写上一大章。

女人不知道如何区分灵魂和肉体。她像动物一样简单。一位讽刺作家说，这是因为她只有肉体。

关于装束的一章。

装束的道德。

装束的运气。

二八

论学究。

论教授，

论法官，

论教士

和论部长。

当日的可笑的大人物。

勒南。

费多。

奥克塔夫·弗耶。

肖尔。

报刊的主编，弗朗索瓦·比洛，乌塞，路依，吉拉尔丹，特克西埃，德·卡洛纳，索拉尔，图尔刚，达洛兹。

流氓名单。打头的是索拉尔。

为自己而成为伟人和圣者，这是唯一重要的事情。

二九

纳达尔[1]，这是生命力的最惊人的表现。阿德里安对我说他的兄弟费力克斯有两副内脏。看到他在所有不是抽象的事情中那样成功，我很羡慕。

弗约如此粗暴，如此敌对艺术，人们说世界上所有的民主派都躲在他的怀里了。

扩展肖像。

在基督徒和巴贝夫共产主义者中的纯粹观念的霸权。

屈辱的狂热。甚至不希望理解宗教。

音乐。

论奴隶制。

论上流社会的女人。

论妓女。

论官员。

论圣事。

文人是世界的敌人。

论小职员。

---

1 Nadar，即Gaspard-Félix Tournachon（1820–1910），法国摄影家、漫画家、作家，波德莱尔的好友。

三〇

在爱情中像在几乎人类所有的事务中一样，相亲相爱是一种误解的结果。这种误解，就是快乐。男人喊道："啊！我的天使！"女人喁喁私语："妈妈！妈妈！"这两个笨蛋确信他们的想法是一致的。造成不可交流性的无法逾越的深渊还是没有被逾越。

为什么大海的景象是那么无限地、永恒地令人愉快？

因为大海同时给人巨大和运动的感觉。六七海里对人来说代表着无限的半径。这是缩小了的无限。如果只是暗示了完整的无限就够了，那么大小又有什么关系呢？十二或十四海里（直径），十二或十四海里的运动着的液体足以给人一种对其临时住所的最高度的美的观念。

三一

地上的事情唯一有兴趣的是宗教。

什么是普遍的宗教？（夏多布里昂，德·迈斯特，亚历山大人，卡佩。）

有一种普遍的宗教，为思想的炼金术士创立的宗教，被视为神圣的标记、由人产生的宗教。

圣-马克·吉拉尔丹说过一句将流传千古的话：让我们平庸吧！

把这句话与罗伯斯庇尔的话比一比：不相信其存在的不朽性的人有正当的权利。

圣-马克·吉拉尔丹的话意味着对崇高的巨大的仇恨。

谁看到圣-马克·吉拉尔丹在街上走，谁就立刻想到一只自命不凡的鹅，它在一辆驿车面前惊恐万状，满街乱跑。

三二

关于真正的文明的理论。

它不在煤气中，不在蒸汽中，也不在转动的桌子中，它在原罪的痕迹的逐渐缩小中。

游牧民族，牧民，猎人，农民，甚至吃人肉的人，由于毅力，由于个人的尊严，都可以变得高于我们西方的种族。

我们西方的种族可能被毁灭。

神权政治和共产主义。

我部分地是由于闲暇而长大的。

对我有很大损害；因为没有财产的闲暇增加了债务，

侮辱来自债务。

但是对于敏感性、对于沉思、对于浪荡和玩票的能力来说，对我又很有利。

大部分文人是很无知的卑贱的埋头苦干的人。

三三

出版商的姑娘。

主编的姑娘。

丑陋的姑娘，怪物，艺术的谋杀者。

姑娘实际上是什么。

小笨蛋和小荡妇；最大的愚蠢和最大的堕落相结合。

在姑娘身上有着阿飞和中学生的全部卑劣。

非共产主义者的见解：

什么都共产，甚至上帝。

三四

法国人是家禽饲养场里的动物，驯服得不敢越过栅栏。看看他在艺术上和文学上的兴趣吧。

这是一头拉丁种的动物；在他的住处垃圾并不使他反感，在文学上他是淫秽的，他酷爱粪便。小酒馆文人把这叫作高卢的盐。

法国式的低级的好证，这个民族自称首先是独立的。

三五

君主和世代。

把他统治的人民的优点和缺点都归于君主具有同样的不公正。

像统计和逻辑所能证明的那样，这些优点和缺点几乎总能够归于前一届政府的氛围。路易十四继承了路易十三的人才。光荣。

拿破仑一世继承了共和国的人才。光荣。

路易－菲利普继承了查理十世的人才。光荣。

拿破仑三世继承了路易－菲利普的人才。可耻。

总是前一届政府对后一届政府的风气负责，如果一届政府能对什么负责的话。

时势在统治中造成的突然的中断不允许这一规律针对时间完全正确。人们不能确切地说什么时候一种影响终止了——这种影响继续存在于在年轻时接受它的一代人之中。

三六

青年对于引用者的仇恨。引用者是他们的敌人。

我把拼法放在屠夫的手下。(泰・戈蒂耶)

画一幅好画:文学流氓。

不要忘了给福尔格画一幅肖像,海盗,文学剽窃者。

人心里对于卖淫的不可克服的兴趣,由此产生了他对于孤独的厌恶。他希望成为一对儿。天才希望独一无二,因此他是孤独的。

光荣是独一无二的,是以一种特殊的方式卖淫。

正是这种对孤独的厌恶,需要在一个外在的肉体中忘记自我,人才高贵地称之为爱的需要。

墙上不朽的两种漂亮宗教，人民的永恒的念头：一个松果（古代的男性生殖器像）和“巴尔贝斯[1]万岁”或者“打倒菲利普”或者“共和国万岁”。

三七

在自然的和人的作品中，研究各种形式的关于渐进的、一点儿一点儿的、逐渐的普遍和永恒的规律，以一种逐渐增长的力量来进行，仿佛金融上的组合利息。

在艺术的和文学的技巧上有同样的现象，在意志的不同的珍宝中有同样的现象。

在葬礼上人们看到一大群小文人，他们握手，向新闻记者推销自己。

名人的葬礼。

莫里哀。我对于《答尔丢夫》的意见是，这不是一出喜剧，而是一篇抨击文章。一个不信神的人，如果他只是一个有良好教养的人，关于这出戏会想到，永远不应让流

1 Armand Barbès（1809–1870），法国著名革命者。

氓讨论某些重大的问题。

三八

赞颂对形象的崇拜（我的巨大的、唯一的、最初的激情）。

赞颂流浪和人们所称的波希米亚作风，即通过音乐表现的对于多种感觉的崇拜。参照李斯特。

论打女人的必要性。

人们可以惩罚他之所爱。例如孩子。但是这意味着蔑视他之所爱的痛苦。

论通奸与通奸者。

通奸者的痛苦。

它产生于骄傲，关于名誉和幸福的错误的推理，把爱愚蠢地从上帝的身上转移到造物的身上。

这还是弄错了对象的动物崇拜者。

分析傲慢的愚蠢，克雷芒·德·李和保尔·佩里尼翁。

三九

人越是培养艺术，就越是软弱。

在有才智的人和粗野的人中间出现了越来越明显的差别。

只有粗野的人才硬，性是老百姓的抒情诗。

干，就是希望进入另一个人之中，而艺术家从来不走出自己。

我忘记了这个荡妇的名字……啊！算了！我会在最后的审判时找到的。

音乐给人以空间的概念。

所有的艺术多少都是这样；既然它们都是数，而数是一种空间的表达。

每天都希望成为最伟大的人！！！

儿时我一会儿希望成为教皇，但是战斗的教皇，一会儿希望成为演员。

我从这两种幻觉中得到的快乐。

四〇

我很小的时候就感到心里有两种矛盾的感情，厌恶生活和醉心生活。

这的确是神经质的懒人的表现。

民族有伟人由不得它。

关于演员和我童年时代的梦想，写一章在人类心灵中什么是演员的使命、演员的光荣、演员的状态以及他在世界中的地位。

勒古维[1]的理论。勒古维是一个冷静的滑稽家吗？是一个曾经试验法国能否吞下一个新的荒诞的斯威夫特吗？

他的选择。好，在这个意义上说，参孙不是一个演员。

论贱民的真正的伟大。

可能德行对贱民的才能有害。

四一

商业从本质上说是邪恶的。

1 Ernest Legouvé（1807–1903），法国作家、批评家。

——商业是有来有往，是借贷，暗含的意思是：还给我比我借给你的要多的东西。

——任何商人的思想都完全是罪恶的。

——商业是自然的，因此是卑鄙的。

——商人中最不卑鄙者，是说出这种话的人：让我们有点德行，比罪恶的笨蛋赚多得多的钱。

——对于商人来说，正直本身就是一种牟利的投机。

——商业是邪恶的，因为它是一种利己的形式，而且是最低级的、卑贱的形式。

当耶稣基督说：

“挨饿的人是幸福的，因为他会吃饱的。”他考虑的是可能性。

四二

世界只是由于误会才前进。

——由于普遍的误会，人人才意见一致。

——因为不幸而大家相互理解了，意见就不一致了。

有才智的人是永远和别人不一致的人，他应该努力去喜欢傻瓜们的谈话，去阅读坏书。他将从中获得苦涩的快乐，这将大大地补偿他的疲倦。

随便一个公务员，一个部长，一个剧院或报纸的头头，都可以当几回受尊敬的人，但他们永远不会是神圣的。这是一些没有人格的人，没有独特性的人，为职务而生的人，这就是说，为服务公众而生。

四三

上帝和他的深度。

人们不能缺少思想，不能在上帝身上寻求始终缺乏的同谋与朋友。上帝在这一出人人都是主角的悲剧中永远是知心人。也许有高利贷者和杀人犯对上帝说："主啊，让我下一次的行动成功吧！"但是这些卑劣的人的祷告败坏不了我的祷告的荣誉和快乐。

一切思想本身都具有一种不朽的生命，如同一个人一样。

一切创造出来的形式，包括人创造的形式，都是不朽的。因为形式独立于物质，而且不是分子构成形式。

有关爱米尔·杜埃和康士坦丁·居伊的故事，毁灭或以为毁灭了他们的作品。

四四

浏览随便哪一天、哪一月、哪一年的随便什么杂志，不可能不发现每一行都包含着最可怕的人类邪恶行为的信息，同时也不可能不发现最令人吃惊的有关正直、善良、仁慈的大话，最寡廉鲜耻的有关进步和文明的断言。

一切报纸，从第一行到最后一行，都编织着错误。战争，罪恶，偷盗，猥亵，酷刑，君主的罪恶，民族的罪恶，个人的罪恶，醉心于普遍的残忍。

文明人每天吃早饭的时候喝的就是这种令人恶心的饮料。在这个世界上，一切都显示着罪恶：报纸、围墙和人的面孔。

我不能理解一只纯洁的手可以摸一份报纸而不因厌恶而痉挛。

四五

由哲学证明的护身符的力量。穿孔的钱币，辟邪物，每个人的纪念物。

论道德动力学。

论圣事的效力。

从我的童年起就倾向于神秘。我和上帝的谈话。

论顽念，论中邪，论祷告和论信仰。

耶稣的道德动力。

（勒南认为耶稣相信祷告和信仰的全能、即便是物质的全能，是可笑的。）

圣事是这种动力学的手段。

论印刷术的卑鄙，对美的发展是巨大的障碍。

为清除犹太种族而组织的漂亮阴谋。

犹太人，图书馆员和赎罪的证人。

四六

资产者的所有笨蛋都不停地说着“不道德，不道德性，艺术中的道德”及其他蠢话，使我想起了路易斯·维尔迪厄，一个五法郎的妓女，她有一次陪我参观卢浮宫，她从未去过那里，她脸红了，捂住了脸，在每一件不朽的雕塑和绘画前都拉拉我的袖子，问我人们怎么能公开地展示这样的下流东西。

纽沃克科先生[1]的葡萄叶。

四七

为了让进步的规律存在，必须每个人都愿意创造它；如果每个个人都致力于进步，只有这个时候人类才能进步。

这种假设可以用于解释两个矛盾的概念的一致性：自由和命定。——不仅在进步的情况下自由和命定是一致的，这种一致性是一直存在的。这种一致性是历史，民族的和个人的历史。

四八

在《敞开我的心扉》引用的十四行诗。

也引用关于《罗兰》的诗。

林神的诗

菲里丝像白昼的阳光般美丽，

1 Nieuwerkerke，当时的美术总监，他下令把博物馆中的裸体像穿上衣裳。

今夜我梦见了她又重新回来，
她想让其幽灵继续和我做爱，
像伊克修一样，我拥抱着裸女。

光光地溜上我的床，她的影子
对我说："亲爱的达蒙，我又返回；
我只是让那悲伤的日子更美，
自我离开后，命运又把我拉住。

"我是为了再亲吻最美的情郎；
我是为了在他的拥抱中死亡！"
于是，这个偶像滥用我的热情，

她对我说："永别了，我成了死人。
由于你能夸口坏了我的肉身，
你将可以吹嘘坏了我的魂灵。"

我认为这首十四行诗是梅纳尔的。
马拉西[1]说是拉刚的。

1 Auguste Poulet-Malassis（1825–1878），波德莱尔的出版商。

写在纪念册上的话

（写在菲洛克塞纳·布瓦叶的手册上）

在人们最近一段时间谈论的权利中，有一种被忘记了，它的证明会使所有的人感兴趣，这就是自我否定的权利。

（写在纳达尔的手册上）

据我所知，有三个人接受了这条严峻的格言：让-雅克、路易·布朗和乔治·桑。约瑟夫·德·迈斯特在某处（我认为是在《论法国》中）说："如果一个作家作为座右铭接受了'生命只从属于真理'，那在很大程度上可以保证他是一个说谎者。"

（写在爱德华·加尔岱的手册上）

我亲爱的加尔岱，这难道不是真的吗，红色本身就是一件令人愉快的东西因为它改变和扩大了自然，也因为它强迫我们亲吻女人除了脸以外的地方？我保证不使您反感，我的朋友，您像我一样想着永远不应失去尊严，除了对我们的心爱的女人。

警句

（写在阿斯里诺的手册上）

一个商人如果不是一个不忠的人，那就是一个野蛮人。

鸡奸是司法和人类之间唯一的联系。

斯多葛主义是一种只有一件圣事的宗教，那就是自杀。

节制是贪食的母亲：它是其支持和顾问。

一只猫是一只加了糖的吸血蝠。

荒诞是疲倦的人的恩惠。

如果耶稣基督再次下到地上，弗朗克·卡雷先生会说：他犯了老毛病。

如果朝阿布[1]的鼻子放个屁，他会当作一个思想。

如果宗教从世界上消失，人们会在一个不信神的人的心中找到它。

什么也比不上拉马德莱纳[2]更让我明白德行的虚幻。

学习就是自我否定——有一个结论的程度，只能以包德莱[3]欣赏的谎言（居斯蒂纳）为界。

所有的革命都以屠杀无辜者为必然的结果。

1 About，当时的一位新闻记者、出版商和剧作家。

2 Jules de La Madelène，作家，后皈依天主教。

3 指波德莱尔。

图书在版编目（CIP）数据

巴黎的忧郁 /（法）夏尔·波德莱尔著；郭宏安译. —
北京：商务印书馆，2018
（波德莱尔作品）
ISBN 978－7－100－15837－4

Ⅰ. ①巴…　Ⅱ. ①夏…　②郭…　Ⅲ. ①散文诗—诗
集—法国—近代　Ⅳ. ①I565.24

中国版本图书馆 CIP 数据核字（2018）第026667号

巴 黎 的 忧 郁

〔法〕夏尔·波德莱尔　著
郭宏安　译

商　务　印　书　馆　出　版
（北京王府井大街36号　邮政编码 100710）
商　务　印　书　馆　发　行
山东临沂新华印刷物流
集团有限责任公司印刷
ISBN　978－7－100－15837－4

2018年6月第1版　　开本 860×1092　1/32
2018年6月第1次印刷　　印张 7¾

定价：60.00元